# 花嫁は墓地に住む

赤川次郎

角川文庫
22072

花嫁は墓地に住む　目次

# 花嫁は名剣士

# 花嫁は墓地に住む

# 花嫁は名剣士

# 1　刺客

いささか酔っていた。

冴《さ》え冴《ざ》えとした白い月光の下、吉永《よしなが》はフラフラと左右へ揺れながら歩いていた。

もっとも、当人は真直《まっす》ぐ歩いているつもりなのである。酔っ払いはたいていこんなものだ。

「え？　──どこだ、ここ？」

吉永は足を止めて、周囲を見回した。

夜道には違いない。暗いし、街灯はあるが間が離れていて、あまり役に立っていなかった。

「ここは……公園か」

やっと少し頭が回転して、団地内の公園の一つだと分った。しかし、我が家とは全く方向が違う。

「何でこんな所に……」

どこか、曲り角を反対の方へ曲ってしまったらしい。そうでもなければ、こんな所へ来ない。

「やれやれ……」

家へ帰る。帰るんだ。

しかし——十五分以上歩くな。

考えただけで疲れてしまった。

少し休んで行くか。五分、いや十分かな……。

大体公園の出口はどっちだ？

と、もう一度見回すと……。

目をこすった。——男らしい人影が、前に二つ、後ろに二つ。

「何かご用ですか？」

と、もつれた舌で言う。

「吉永さんですね」

と、一人が訊《たず》ねた。

「——僕を知ってる？」

と、びっくりした。

「お待ちしていました」

口調はていねいだが、その手にはナイフが光っていた。

吉永は一気に酔いがさめて、

「おい……。どういうことだ」

「お分りでしょう。ご自分の胸にお訊《き》きになれば」

吉永は後ずさったが、背後にもいる。

「——お前ら、会社に雇われたのか！　そうなんだな！」

声が震えた。「卑怯《ひきょう》だぞ！　そんな真似をして——」

「我々は裏切り者に天罰を与えているのです」

「裏切り者だと？」

「長年世話になった会社を裏切って、内部告発するのは、許せないことです」

「僕を殺すのか？」

「おとなしく告発を取り下げて、辞表を出し、姿を消して、二度と現われない。そう約束して下されば、少し痛い目にあうだけで済みますがね」

吉永は膝《ひざ》が震えて、立っているのもやっとだった。——怖い。当然のことだ。

「頼む。——殺さないでくれ」

と、吉永は言った。

「そうですか。では誓いますね、告発を取り下げると」

「誓う」

「あれはすべて自分の間違いだったと」

「うん……」

「会社に迷惑をかけて申し訳なかった、と謝罪して」

「分った」

「辞表を出す」

「出す。――出すよ、すぐ」

「まあ、素直なところは評価しましょう」

と言うなり、ナイフで吉永の左腕へと切りつけていた。

吉永は痛みに呻《うめ》いて、よろけた。

「痛い……。やめてくれ……」

と、血が出るのを見て、うずくまってしまう。

「だらしないですな。立ちなさい」

「もう……勘弁してくれ……」

「もう少し、罰を下さないとね」

「やめてくれ！」

と、吉永は悲鳴を上げた。

そのとき、

「刃物をしまいなさい」

と、女の声がした。

四人の男たちが振り向く。

細身のシルエットが浮んでいる。――若い女のようだ。

「何も見なかったことにして、行け」

と、男の一人が言った。

「そうはいきません。四人がかりで一人を襲うとは、卑劣です」

「何だと？　痛い思いをしたいのか」

「そちらはどうです？」

いやに落ちつき払った口調である。

「変った女だな。――よし、こいつをもう少し痛い目にあわせてから、四人で可愛がってやる。待ってな」

「待てません」

「何だと？」

その女の影が素早く動くと、一瞬白く光る筋が見えた。――吉永は切られた傷の痛さでよく見ていなかったが、自分に切りつけた男の手からナイフが落ちて、男が呻きながらうずくまるのを見た。

何があったんだ？　――他の男たちがパッと、女を取り囲んだ。

「こいつ……ステッキに刃物が」

「言葉を知りませんね」

と、女が言った。「仕込み杖《づえ》と言って下さい」

「貴様――」

一人がナイフを取り出し、近付こうとしたとき、女が身を沈めた。白い光がたてに走って、男は肩を押えて、

「いてえ……。切られた……」

と、泣き声をたてる。

「人を傷つけるなら、その痛みを自分でも経験して下さい」

と、女は言った。「残りの方も？」

「行こう！」

傷を負った仲間を引張るようにして、逃げ出す。

「おい！　乱暴にするな！」

「血が止らねえよ！」

涙声が遠ざかって行き、

「血が出ていますね」

女は吉永の傍《かたわら》に膝をつくと、「この先に病院が。ご存知ですね」

「ええ……」

「ともかく血を止めないと」

女はネッカチーフで吉永の左腕の付け根をきつく縛った。「――このまま、すぐ病院へ」

「ああ……」

「痛みますか？　我慢して、何とか病院まで」

「うん……。ありがとう」

やっと礼の言葉が出た。「あんたは……」

「普通のOLですよ」

「だけど……」

「ただ、少し剣が使えるっていうだけで」

薄暗くて、女の顔はよく分らなかった。

吉永は何とか立ち上ると、

「本当に助かった。命の恩人だ」

女は微笑んだようだった。

「お気を付けて」

と言うと、足早に立ち去る。

見送った吉永は、街灯の明りの下を通る女の後ろ姿を目にした。

確かに、ＯＬ風のスーツ姿だ。ただ細いステッキを手にしている。

そしてその姿はたちまち闇の中へ消えてしまった。

「幻か、キツネかな……」

と呟《つぶや》いて、吉永はともかく病院へと歩き出したのである……。

## 2　秘　密

塚川亜由美《つかがわあゆみ》は大欠伸《おおあくび》をした。

いつもヒロインとしては、あまり見た目のよくない登場のようだが、仕方がない。

「眠い……」

眠くなるのも仕方のないことで、アルバイトとしてはとても楽なのだが、あまりにすることがなくて、退屈してしまうのである。

「もう十時だよ」

と、一緒にアルバイトに来ている神田聡子《かんださとこ》がこぼした。「約束は八時なのに」

「しょうがないでしょ。仕事としては『会議が終るまで』ってことなんだから。『大体八時ごろ』とは言われてたけど」

「一体何をしゃべってんの？」

「知らないわよ、そんなこと」

確かに、いささか妙なアルバイトではあった。

〈用心係。会議の間、何も起らないように用心する〉

その貼紙を見たとき、

「何よ、これ？」

と、神田聡子は首をかしげたものだ。

しかし、

「楽そうじゃない。ただ『用心してりゃいい』ってことでしょ」

と、亜由美が気軽にやることに決めてしまったのである。

ずいぶん古くてボロなビルの地階。

広い会議室があって、そこに三十人くらいのサラリーマンらしい男たちが集まっていた。

「君らがバイト？」

と、担当らしい男性は顔をしかめて「〈男性に限る〉って書いてなかった？」

「ありませんよ」

「しょうがないな。今さら……。ま、いいや」

と、男は肩をすくめて、「ともかく、ここにいて、用心するんだ」

「用心って、何をすれば？」

と、亜由美が訊《き》いても、

「だから用心するのさ」

と、わけが分らない。

かくて――二人して欠伸を連発しながら「用心して」いたのである。

分厚いドアの中からは、時々怒鳴り声らしいものも聞こえて、議論が白熱しているらしかったが……。

「でも、変だね」

と、聡子が言った。

「何が？」

「こんなボロいビルに、結構いい格好したのが集まってるじゃない」

「まあね……」

確かに、集まっている三十人くらいの男たちは、一応エリート風で、あまり「生活にくたびれた」感じの男はいなかった。

「――お腹空《す》いた」

と、聡子がため息をつく。「交替で何か食べに行く？」

「でも――終るんじゃない、いくら何でも」

そこへ、カタカタと足音がした。

階段を下りて来たのは、マスクをつけた白い上っぱりの出前持ちで、

「ラーメン十個、こちらで」

「ラーメン？　聞いてないけど」

「でも、ここなんですよ。お代も済んでますんで」

「あの、ちょっと——」

止める間もなく、テーブルに出前の岡持ちを置いて行ってしまう。

「変なの」

「でも、ラーメンなら危くない」

「十個っておかしいよ。三十人はいるのに」

と、亜由美は言った。

「食べたくないって人もいるんじゃない？」

「それに、あんなに早々に逃げ出すみたいに行っちゃうなんて……」

「次の出前が待ってんのよ」

「こんな時間におかしいと思わない？」

「思わない」

亜由美はため息をついて、

「いいね、聡子は幸せで」

「それって嫌味？」

「違うわ。皮肉よ」

と、亜由美は言って、「中を確かめてみよう」

「ちょっと！——分った、自分で一つ食べちゃおうって思ってんでしょ。ずるい！　私にもよこせ！」

「聡子――」

と言いつつ、亜由美は蓋《ふた》を持ち上げてみたが……。

「――それ、何？」

と、聡子が訊く。

「分んないけど、少なくともラーメンじゃない」

ラーメンに目覚し時計は普通付いていないし、コードでつながれたダイナマイトも存在しないはずで……。

「爆弾だ」

と、亜由美は言った。

「危くない？」

「危いよ」

二人は顔を見合わせると、

「大変だ！」

と、同時に叫んで、亜由美は会議室の扉へと駆け寄り、聡子は階段を駆け上って行ったのである。

「逃げて下さい！」

と、亜由美がいきなり飛び込んで怒鳴る。

男たちは一瞬黙って亜由美を見た。

「急いで逃げて！　爆弾です！」

「爆弾？　何の話だね？」

と、比較的年長の男が言った。

「ラーメンの出前だと言って、持って来たんです。中身を確かめたら、ダイナマイトと時計が……」

「――まさか」

と、一人が笑って、「君、居眠りしてて夢でも見たんじゃないのか？」

「じゃ、自分で見なさいよ！」

と、頭に来て、亜由美が言った。

「待て」

と、入口の近くに座っていた三十代の男性が立って、「あり得ないことではない。僕が見てくる」

亜由美はその男と一緒に会議室を出た。

「――これです」

「ああ……。時限装置か。あと……三分？」

男はあわてて駆け戻ると、

「あと三分で爆発する！　逃げろ！」

と、大声で怒鳴った。

さすがに、ワッと男たちが出口へ殺到した。

「君も逃げなさい」

と、その男は言ったが、そうなると逃げたくなくなるのが亜由美である。

「皆さんが先に。――私、用心係《ようじんがかり》ですから」

「ともかく急いで急いで！」

ドッと人が鞄《かばん》やファイルを手に出口へ殺到する。

「落ちつけ！　我先に逃げようとしたら、却《かえ》って時間がかかる！」

「逃げろったって、どこへ？」

「ともかくビルの外へ！」

三十人近い人々はともかく会議室を出た。一人を除いては。

「久保《くぼ》さん！　大丈夫ですか！」

その最後の一人、七十近い男性だったが、ステッキを突いている。

急いで歩こうにも歩けないのだ。

「厚木《あつぎ》君、先に逃げろ」

と、その久保という老人は言った。「私はいいから」

「そんなわけには――」

見ていて、亜由美は思わず、

「何、のんびりしてるんですか！」

と、怒鳴ってしまった。「その人をおぶって行けばいいじゃないですか！」

「それはそうなんだが」

と、厚木という男性は顔をしかめて、「今僕はぎっくり腰をやっていて、人をおぶったりしたら動けなくなる」

「だから早く行け！」

と、久保がステッキで苛々《いらいら》と床を突いて、「爆弾など、この年齢になれば怖くない」

「全く、もう！」

亜由美が頭に来て、「私がおぶって行きます！」

「君……。無理だよ。男は重い」

「火事場の馬鹿力って言うでしょ！」

と、亜由美は言い返した。「少なくとも、『馬鹿』だけは自信があります」

唖然《あぜん》としている厚木を無視して、亜由美は久保の前に背を向けてしゃがむと、

「さ、おぶさって下さい！」

「しかし……いいのかね？」

「早くして下さい！　ぶん殴りますよ！」

「分った！」

久保があわてて亜由美の背に体をのせる。

重い！　――老人でもやっぱり男は重いんだ。

しかし、ああ言ってしまった以上、後にはひけない。

「ドン・ファン……」

と、今はここにいないが、愛犬に向って呼びかけた。「私が死んだら、私のベッドで寝ていいからね！　やっ！」

顔を真赤《まっか》にして、それでも何とか久保を背に立ち上る。

「君……。大丈夫か？」

と、厚木が言った。

「助けたいなら、少しでもこの人を軽くして下さい！」

「軽くって……」

「ステッキだけでも持って下さい！」

「分った」

ステッキ一本じゃ、たかが知れているが……。ともかく会議室を出て、階段へ。

階段があった！　忘れてた！

「何でエレベーターのある所でやらなかったんですか！」

と、文句を言いつつ、必死に階段を上って行く。

三分はとっくに過ぎているだろう。――あれは見せかけなのかな？

何とか一階へ上った。

「亜由美！　無事で良かったね！」

と、聡子が駆けつけて来る。

「何よ、一人で逃げ出して！」

「だって……」

「ともかく、下りて下さい」

久保を下ろすと、亜由美はその場に尻《しり》もちをついてしまった。

「いや、すまなかった」

と、久保が言った。

「いいえ……。でも、もう三分は……」

「五分たってる」

と、厚木は言った。「大方、見せかけだけの――」

その瞬間、地階で爆発が起って、亜由美はその場で転《ころが》ってしまったのだった。

# 3　表　彰

「おや、亜由美さん」

聞き慣れた声だった。

「殿永《とのなが》さん……。どうも」

と、亜由美は会釈した。

「今度は爆弾事件ですか」

と、殿永部長刑事は、まだ白い煙の立ち上ってくる地階を覗《のぞ》き込んで、「今回は派手ですね」

「好きで派手にしてるわけじゃ――」

「分ってます」

殿永は微笑んで、「ご無事で何よりです。しかし、どうして亜由美さんの周りにはこう事件が続くんでしょうか」

「知りませんよ」

と、ふてくされている。「母から連絡が？」

亜由美の母、塚川清美《きよみ》は、殿永部長刑事とメールのやりとりをする仲。特に最近はパソコンでなく、ケータイのメールを使いこなすのである。

「ええ、まあ」

「やっぱりね……」

娘が危機一髪だったというのに、電話で知らせても駆けつけて来るわけでなく、代りが殿永というわけか。

「母は何か言ってましたか」

「とても心配されてたようです。電話でお話ししましたが、涙声でしたよ」

「花粉症ですよ」

と、亜由美は言った。「心配なら駆けつけるでしょ」

「明日――というか今日ですか、朝が早いので寝るとおっしゃって……」

「朝が早い？」

「お友だちと旅行に行かれるそうで」

啞然としている亜由美へ、殿永は付け加えて、「それだけ、亜由美さんを信頼なさってるんですよ」

「気をつかっていただいてどうも……」

ため息まじりに言って、「でも、びっくりした！　まさか本当に爆発するなんて」

「出前に来た店員の顔を――」

「さっきも他の刑事さんに訊《き》かれましたけど、マスクしてたし、分らないんです」

「なるほど」

「それなのに、『何か一つや二つは憶《おぼ》えてるだろう!』なんて、まるで私が犯人みたいに怒鳴るんです」

「それはすみません。よく言っておきます」

殿永はいつもながら淡々としている。

「それより……お腹空《す》いたんですけど。私も聡子も。何か食べに行っても?」

「ああ、分りました。私が言って来ましょう」

殿永が他の刑事の方へ行ってしまうと、

「君……。すまなかったね」

と、やって来たのはステッキを突いた久保と、一緒に逃げた厚木。

「良かったですね、間に合って」

「いや、今考えれば、この年齢《とし》だから死んでもいいというようなことを言ったが、とんでもないことだな。生きていて良かった」

「そう思っていただければ……」

「全く立派だった」

と、厚木は肯《うなず》いて、「君のような人にアルバイトなどさせて申し訳なかった！」

何だかピントのずれた発言のような気もしたが、

「バイト代、ちゃんと払って下さいね」

と、念を押す。

殿永が戻って来て、

「食事して来ていいそうです。ただ、爆弾処理班がもうすぐ来るので、戻って来てほしいと……」

「もう爆発しちゃったのに？」

「一応、まだ爆発物が残っているかも、と……」

「分りました。朝になったら、大学に、休むって電話してくれませんか」

「待って下さい」

と、厚木が言った。「食事なら僕たちが――」

それぐらいはしてもらってもいいだろう。

「じゃ、お言葉に甘えて」

と、亜由美は立ち上って、「聡子！　ご飯よ！」

「私をドン・ファンと間違えてない？」

ドン・ファンは、前述の如く、亜由美の飼っているダックスフント。

ともかく二人は厚木と久保に連れられて、その場を離れることになったのである。

「あと〈上ロース〉二皿！」

と、厚木が注文して、「いや、〈極上ロース〉だ！」

もう午前三時を過ぎているが、なぜか焼肉屋は朝まで開いていて、混んでいる。

「おいしい！」

亜由美は、自分でも一体どれくらい食べたのか分っていなかった。聡子も同様である。

「刑事さんと親しいんだね」

と、厚木に言われて、

「何だか妙に縁があって」

と、亜由美は肉を焼きながら言った。「もう、これ以上入らない」

「亜由美、もう三回もそう言ってるよ」

「過去は問わないの」

久保は、さすがにほとんど食べずにニコニコしながら亜由美たちを眺めていたが――。

「厚木君」

「はあ」

厚木は内ポケットから札入れを取り出して、「君ね……」

「いえ、とんでもない！」

と、亜由美は急いで言った。「私、そんなお金のためにやったわけじゃありませんから！　いえ、本当にいいんです！」

「この写真、見てくれるかね……」

と、厚木は札入れから写真を一枚取り出した……。

「誰ですか、これ？」

作業服らしいものを着た、がっしりした体つきの男性だった。三十代半ばだろうか。

「〈M重工〉の工作部にいる笹田《ささだ》という男でね」

と、厚木は言った。「どうだね？」

「どう、って……」

「あのときの出前持ち、この男じゃなかったかい？」

亜由美は目を丸くして、

「分ってるんですか？　でも――ちょっと待って下さい」

亜由美はその写真をしばらく見ていたが、

「この人じゃありません」

と、首を振った。「体つきも違うし、顔の輪郭が全然違いますよ」

「でも、マスクをしてて、顔は分らなかったんだろ？」

「ええ」

「じゃ、もしかしたらこの男かもしれないじゃないか」

厚木の言葉に、亜由美は首をかしげて、

「何をおっしゃってるのか……。顔が分らないから、この人じゃないかって……。変ですよ、その言い方」

「うん、君の言うことは正しい」

と、厚木は肯いて、「しかし、君が『もしかしたらこの人だったかもしれない』と証言したら、警察は間違いなくこの男を取り調べるだろう」

「はあ……。でも、体格も全然違います」

「それは分ってるけどね」

亜由美はやっと厚木の言いたいことが分って来た。

「それって……私に嘘の証言をしろ、ってことですか？」

「いや、嘘というわけじゃない。『はっきり見なかった』のは事実だろ？　ただ、それにひと言、『もしかしたらこの人かも』と付け加えてくれたら……」

と、厚木は少し迷ってから、「極上ロースをあと二皿頼むよ」

「は？」

「三皿でもいい。いや、現金の方が良ければおこづかいを――」

亜由美ははしを置いて、

「罪のない人を逮捕させるっていうんですか？」

「いや、この笹田はね、とんでもない男なんだ」

と、厚木は言った。「同じ〈M重工〉に勤めていながら、長年世話になった会社を裏切ろうとしている」

「昔はそんな社員はいなかった」

と、久保が嘆息して、「分るかね？　会社は親、社員は息子、娘も同然だった」

「それって……」

「笹田は、自分の勤めている会社のことを告発しようとしているんだ。要するに子供が親を告発するというわけさ」

「昔は決してそんなことはなかったが……」

と、久保が遠くを見ながら言った。

「今夜、我々が集まっていたのも、今方々の企業が頭を痛めている『内部告発』について、どう対処すべきか、相談するためだったんだ」

と、厚木が言った。「そこへ、笹田が爆弾を持って来る。大いにあり得ることだと思わないかね？」

「内部告発する人が爆弾を？　まるで筋が通りませんよ」

「そんなことはないと思うが――」

　亜由美は背筋を伸すと、

「見損なわないで下さい！　お金のために嘘の証言をするなんて、とんでもない！」

「亜由美、ケータイが……」

「分ってる！　もしもし！」

「――どうかしましたか？」

　殿永が言った。

「いえ、別に」

「今、爆弾処理班が作業を終りました。大丈夫ですから、戻って下さい」

「分りました」

「それから、亜由美さんの勇敢な行動を表彰すべきという上司の話で。今日にも早速申請します」

「やめて下さい」

「は？」

「私、爆弾から人を助けて、後悔することになりそうですから」

　と、亜由美は言って、「殿永さん」

「はあ」

「ここの焼肉のお代、すみませんけど立て替えてくれません？　後で払いますから」

殿永の面食らった顔が目に浮かぶようだった……。

# 4　研究室

おずおずとしたノックに続いて、

「すみませんが……」

という声がした。

「どうぞ」

と、机の上をかき回しながら、谷山《たにやま》は答えた。「開いてます」

ドアが少し開いて、

「ここは……谷山先生のお部屋で？」

「そうです。僕が谷山です」

「そうですか！」

男はホッとした様子で入って来た。「僕は――」

「笹田さんですね、〈M重工〉の」

「そうです。何かご用と伺って――」

「僕じゃないんです」

るでしょう」

「学生で塚川亜由美というのが、あなたを呼んだんです。ここで待ってて下さい。じき来

「は？」

「はあ……」

「僕はこれから講義があるので」

「どうぞ。――ここにいればいいんですか？」

「彼女が説明しますよ」

本を何冊か抱えて、谷山は急いで出て行こうとしたが、「――一つ言っときます」

「何か？」

「亜由美は僕の教え子ですが、同時に恋人です。では」

谷山は行ってしまった。

笹田はポカンとしていたが、やがて研究室の中を見回して、

「凄《すご》い本だな」

と呟《つぶや》いた。

すっかりボロになったソファに腰をおろすと、ミシミシと音をたてた。

五分としない内に、廊下をバタバタ駆けて来る足音がして、パッとドアが開き、

「ごめんね、遅くなって、ダーリン！」

と、亜由美が飛び込んで来る。「あら……」

「どうも……」

と、笹田は腰を浮かして、「その……ダーリン先生は講義だとかで……」

「ああ、忘れてた」

と、亜由美は笑って、「すみません。笹田さんですね。写真で見ました」

「僕の写真を？」

「ええ。──お茶、いれますね」

「どうぞお構いなく」

「私も飲みたいんです」

亜由美はティーバッグでお茶をいれると、

「どうぞ。──すみません。お仕事時間に呼び出して」

「いや、別に……。大学の先生から呼ばれるなんて、びっくりです」

と、笹田はお茶を飲んで、「どうして僕のことを……」

「写真を見せてもらいました。厚木さんという人から」

「設計部の厚木ですか。どうしてあいつが……」

「先週、ビルの地下で爆弾事件があったでしょ？　あのとき居合せたんです」

亜由美の話をじっと聞いていた笹田は、半ば呆《あき》れたように、

「そんなことがあったんですか……。僕が爆弾を？　馬鹿げてる！」

　と、苦笑した。

「工作部って所にいらっしゃるから、爆弾を作るぐらいお手のものだって」

「そんな物、どうするんです。――しかし、あなたが、その出前持ちの男を僕と似てると
でも証言したら、今ごろ留置場ですね、僕は。お礼を言わないと」

「当然のことです。嘘の証言をする方が罪になります」

「建前はね。今は、企業や国の邪魔になる人間を排除することが第一です」

「会社で嫌われてるんですか？」

「そうですね。工作部は、本来設計部が図面を引いたものを実際に作ってみる所なんです
が、僕は今機械の掃除をしているだけです」

「ひどいですね」

「でも、図面を見て、パッとどんな物か頭に浮かぶようになるには経験が必要でしてね。

今は若いのばかりなので、困るとそっと僕の所へ来て、『これってどうなってるんです
か？』って訊《き》くんですよ」

「ベテランですね。――おいくつ？」

「三十八です」

　写真で見た通りのがっしりした体つきだが、目はとてもやさしかった。

「内部告発をされたとか……」

「記者に訊かれて答えただけなんですがね。――〈M重工〉は確かに重工業メーカーとしては指折りの企業です。でも、それは兵器の生産ができるということでもあります」

「兵器を？」

「もちろん、うちだけじゃありませんが、戦車から機関銃まで、何でも作っていますよ。ただで輸出できない」

「当り前じゃないですか。平和憲法があるのに」

「しかし、実際は色んな名目で流出していましてね。機関銃は〈肩当て付き鉄パイプ〉。上陸用舟艇は〈エンジン付きボート〉です」

「へえ……」

「むろん、チェックすべき役所は知っていて知らん顔です。――僕は、自分の会社の作った銃で、罪もない子供や女性たちが殺されたりするのを見たくないんです」

亜由美はじっと笹田を見ていたが、

「笹田さん。ご家族は？」

と訊いた。

「ええ。妻と娘が一人。――まだ娘は三歳ですが、あの子が大人になったとき、この国が武器輸出大国になっていてほしくありませんからね」

「分ります」

と、亜由美は肯《うなず》いて、「何かお力になれることがあれば……」

「時々、こうして呼び出して下さい」

と、笹田は言った。「会社にいると息が詰りそうでね」

「じゃ、うちの講師にいかが?」

と亜由美は言った……。


「久保さんまでがね……」

亜由美の話を聞いて、笹田は嘆息した。

「あのお年寄でしょ」

と、亜由美は言った。「私、必死でおぶって逃げたのに」

と、むくれて、

「放っときゃ良かった!」

「久保さんは、優秀な職人でね。——僕のように技術系の人間にとっては、憧《あこが》れの的だったんですよ」

と、笹田は言った。

「今は顧問とか……」

「ええ。現場にずっと残っていたんですけど、五年くらい前に、顧問になって。――どうしたのかな、と思っていましたが……」

笹田のケータイが鳴った。「あ、すみません。――もしもし？」

「笹田さん、秘書室の浜本《はまもと》ですけど」

「ああ、どうも。何か？」

浜本ゆかりは秘書室でも優秀な一人である。

同時に、社長秘書なのに、笹田にもよく声をかけてくれる。

「今、どこにいるんですか？」

「ちょっと用で、大学に」

「今、メールで新しい人事が発表されて、笹田さん、異動になることに」

「え？　そんな話、聞いてない」

「そうでしょう？　私もびっくりしました」

と、浜本ゆかりは言った。

「異動って……。どこへ？」

と、笹田が訊くと、少し間があって、

「〈準備室〉ですって」

笹田はしばし無言だった。

「――笹田さん?」

「どうせなら、クビにすればいいのに」

「落ちついてね。カッとなったら、向うの思う壺《つぼ》よ」

「浜本君……。ありがとう、知らせてくれて」

「社へ戻る?」

「ああ。外出届で出て来たからね。大丈夫。馬鹿なことはしないよ」

「内示もなかったんでしょ? 組合に言ったら?」

「むだだよ。――ともかく、少ししたら戻るから。ありがとう」

通話を切って、笹田はため息をついた。

「お話、聞こえちゃったんですけど」

と、亜由美が言った。

「ああ。――分ったでしょ」

「〈準備室〉って?」

笹田は苦笑して、

「何も〈準備〉することなんてないんです。要するに辞めろと言っているのと同じで」

と言った。「今までも何人も〈準備室〉へ行かされて、三か月くらいで辞めて行きました。確か今……一人もいないんじゃないかな。僕と一緒に誰か行く者がいれば別ですが」

「ひどい話ですね」

「企業なんて、そんなものです。それに、歯止めをかける所もない」

「やっぱり内部告発のせい？」

「もちろん。爆弾で逮捕させられなかったんで、こんな手に出たんでしょう」

「大変ですね」

「まあ、サラリーマンですから」

と、笹田は笑って言った。

「でも、あの爆弾は……」

と、亜由美は言った。「あれ、本当に爆発したんです」

「知ってます。けが人が出なくて良かった」

「誰が作ったんでしょうか？」

「見当もつきません」

と、笹田は首を振って、「人を殺傷する兵器を作ることに反対する人間が、そんなものを作らないと思いますが」

「そうですね。でも、笹田さん、お気を付けて」

と、亜由美は言った。「あんな、でたらめな証言をしろって頼んで来るような人たちですから、何をするか分りません」

「ありがとう。――いや、あなたのような人がいて下さって嬉《うれ》しいです」

「私、結構警察に顔が利くんです」

と、亜由美は得意げに言った。「何かあったら、いつでも言って下さい」

「そういえば……」

「何か？」

「いや、妙な話なんです。僕と同様、〈K化学〉で内部告発をした吉永って男がいるんですが、夜道で数人の男に襲われたんですよ」

「まあ」

「明らかに会社の雇った連中で、吉永にけがをさせたんですが、その時に、若い女性が現われて、仕込み杖《づえ》で男たちを斬って、退却させたって……」

「仕込み杖？」

「ねえ、まるで時代劇でしょ？　でも、吉永の話だと、本当にみごとな腕前だったそうですよ」

「その女性って――」

「名のらずに行ってしまったそうで。その辺も時代劇のヒーローみたいですね」

「へえ……。そんなことがあるんですね」

さすがに亜由美も、そう言うしかなかった。

「ああ、ところで——」

と、笹田は思い出したように、「どうして僕は大学に呼ばれたんですか？」

「あ、そうでしたね」

と、亜由美はちょっと舌を出して、「ごめんなさい！　肝心の話をするの、忘れてました」

「僕に何かご用で……」

「この間、谷山先生のゼミで、あの爆弾事件の話をしたんです」

と、亜由美は言った。「みんな、私のことを心から心配してくれて。そして、内部告発する人の勇気に感動したんです……」

「まあ、亜由美は珍しくないよね、その程度のこと」

と、一人が言った。

「そうそう。本当によく生きてるよね」

と、神田聡子が言った。

「何よ、聡子。自分はさっさと逃げ出したくせに」

と、亜由美はにらんだが、聡子には一向に応《こた》えず、

「人間、自分の身を守るのが第一よね」

「そうそう」

「当然」

——亜由美はかなり頭に来た。

しかし、大学生同士、こんな話になるのが普通かもしれない。

ゼミの学生たちは、大学の中のティールームに集まっていた。今は「学食」などという呼び方はせず、〈ダイナー〉とか〈カフェテリア〉である。

「だけど、その内部告発した人って、カッコイイよね」

と、一人が言い出した。

「ねえ、勇気あるじゃない」

「だけどさ……」

と言ったのは、ゼミの中でも「超リアリスト」で知られる、花田《はなだ》みゆき。「内部告発とかしちゃったら、会社にいられなくなるんじゃない？　家族の生活とか考えるとさ……」

「じゃ、みゆきは自分の勤めてる会社が、不正をしてても見て見ぬふりをした方がいいって言うの？」

「だって、それで会社が潰《つぶ》れたら、どうするの？　誰も生活の保証してくれないって」

「みゆきはどうしてそう、悪い方へ悪い方へ考えるわけ？」

と、亜由美が呆《あき》れたように言った。

「悪い方へじゃないよ」

と、みゆきは言い返した。「現実的に考えてるだけ。だって、収入なくなったら、明日からどうやって食べてくの？　パン一切《ひときれ》だって、タダじゃないんだよ」

「でも――間違ってることは間違ってるって誰かが言わなきゃ」

「自分でなくたっていいわけでしょ。誰か他の――たとえば、家が大金持で、いつクビになっても生活に困んない人とか」

「そんな人、いる？」

「捜しゃいるよ、きっと」

と、花田みゆきは言った。「私、その内部告発したっていう、物好きな人に会ってみたい！」

「ぜひ、そういう立派な行為をした方にお会いして、お話を伺いたいってことに、みんなの意見が一致したんです」

と、亜由美は言った。

「その『立派な方』っていうのが、僕のことなんですか？」

「そうです！　ぜひ、谷山ゼミでお招きしたいってことになって」

「いや、しかし……」

「タダとは言いません。お車代程度しかお支払いできないんですが。谷山先生のポケットマネーになるので、どうしても……」

「いや、そんなことはいいんですが……。僕なんかでお役に立つんでしょうか？」

「もちろんです！　じゃ、来週のゼミの会合にゲストとしてご出席下さい。よろしく！」

「はあ……」

「良かった！　私、みんなに『首に縄付けてでも連れて来る』って約束しちゃったんです」

「首に縄？」

「あ、もちろん本当に縄なんて付けませんよ。これはもののたとえで……」

「そりゃ分ってますが……。何をお話しすれば？」

笹田は半ば途方にくれている態《てい》で言ったのだった……。

# 5　過去の恋

「あら」

と、つい口に出していた。「昨日はこの魚安かったのに」

文句を言ったつもりではなかった。しかし、店の人には聞こえたようで、ジロッとにらまれてしまった。

「ごめんなさい。そんなつもりじゃ……」

笹田治子《はるこ》は言いわけがましいとは思ったが、「ただ、うちの家計も苦しくて。つい……。ごめんなさいね。余計なこと言って」

昨日、安いときに買っておけば良かった、と、治子は思った。

たった一日で……。そう、今の世の中、何が起るか分らないし……。

駅前のスーパーに買物に来た治子は、牛肉のパックを、買物カゴに入れるかどうか、何度も手にしながら迷って、結局やめたのだった。

「節約、節約……」

と、自分に言い聞かせる。

そう、——いつ、どうなるか分らないんだもの。

笹田治子は今三十五歳。夫は三つ年上の三十八である。三歳の娘、寿美子《すみこ》がいる。

夫、笹田紘治《こうじ》の置かれている立場について、治子は知らないわけではない。社内で、色々言われていることも分っていた。

しかし、治子は夫の「内部告発」について、ひと言も文句を言ったことはない。

夫を信じている——と言えば聞こえがいいが、もともと治子は呑気《のんき》な性格で、ものごとを深刻に思いつめることがない。

もちろん、夫がクビにでもなったら困るだろうが、今のところそう給料も減っていないし……。

「あらま」

と呟《つぶや》いたのは、レジに長い行列ができていたからである。

「もっとレジを開ければいいのにねえ」

と、不平を言っているおばさんがいた。

確かに、本来五つあるレジが二つしか使われていない。あと一つでも開ければ、ずいぶん早くなるのだろうが。

でも、まあスーパーの側だって色々大変なんだろうし……。

治子はおとなしく列に並んだ。

寿美子は親しい奥さんの所で、同い年齢《どし》の女の子と遊んでいる。そうあわてて帰らなくても大丈夫だ。

気長に待って、やっとあと三人、というところまで来た。

治子は、ふとヒョロリと長身のサラリーマンらしい男性が、ジャムの缶一つ手に、困ったように立っているのを見た。

こんな夕方に、珍しいわね、とまず思った。

そして、フッと笑みを浮かべる。——気持はよく分る。

たった一つ、ジャムの缶を買うだけのために、この長い列に並ぶのかと思うと、少々うんざりしてしまうのだろう。

それならいっそやめておこうか……。

治子のように、ほとんど毎日こうして並んでいると苦にならないけれど、たまに買物に入った身には、とんでもなく面倒な気がするのだ。

そして——治子は、「え？」と思った。

もしかして……。まさか……。

「唐沢《からさわ》さん？」

と言うと、その男性が目をパチクリさせて、

「今、僕のことを……」

「やっぱり！　唐沢充年《みつとし》さんでしょ。私、治子。近江《おうみ》治子。高校のとき――」

「ああ！　近江君か！」

「まあ、びっくりした」

近江は治子の旧姓である。

「ああ……。そうなんだ。女房に言われて『それ一つ買うの？』」

「一つだけで並んだら大変。このカゴに入れて。一緒に買うから」

「え？　いいの？　悪いな。助かるよ」

「レジを出た所で待ってて」

「よろしく！」

ジャムの缶一つ、治子のカゴの中に加わったのである……。


「じゃあ……三百二十五円」

と、唐沢は小銭を治子へ渡した。

「はい、確かに」

二人は何となく顔を見合せて、ちょっと笑った。

「唐沢さん、ちっとも変らない。いいわね、細身で」

「そんなことないよ。もう三十七だ」

と、かつて陸上のエースだったランナーは苦笑した。「朝、駅のホームまで階段を駆け上るとハアハア言ってるよ」

「でも、私みたいに十五キロも太ってないじゃないの」

と、治子は言った。

少々ごまかしていて、本当は十八キロ太ったのだった。

二人はスーパーを出ると、何となく足を止め、

「お茶でも？」

「ええ」

甘いものの店に入って、治子は、

「太っちゃう」

と言いながらアンミツを食べた。

唐沢は高校の二年先輩で、しばらく治子も付合ったことがある。とはいえ、当時の唐沢に憧《あこが》れる女子は大勢いて、治子はその一人に過ぎなかった。

「──じゃ、この先のN団地？　同じだわ。びっくりね！」

「まだ一年足らずさ、越して来て」

と、唐沢はコーヒーを飲みながら言った。

「君は長いの？」

「そうね。結婚してすぐ入ったの。五年たつわ」

と、治子は言った。「あ、今、笹田っていうの。主人は〈M重工〉の社員」

「一流企業じゃないか。君は働いてるの?」

「子供ができて辞めたわ。──これからどうなるか分らないけど」

「僕は〈Rスポーツ〉にいる」

「スポーツ用品の? やっぱり陸上選手で入ったの?」

「いや、先輩のコネさ。──大学じゃ、僕くらいの選手はいくらもいる。駅伝とか出たかったけど、結局補欠選手で終ったよ」

「そう……」

治子は、かつて恋心を燃やした相手がこうして目の前に座っているのが信じられないようだった。

「さっぱり勉強しなかったからなあ、走ってばっかりいて」

と、唐沢は首を振って、「俺はこの脚で食っていくんだ、とか思ってた。世界記録出したわけでもないのに」

「でも、すてきだったわ」

「まあ……なまじ、女の子にもてたしね。ますますいい気になったんだろうな。──いくらもてても、そのとき限りのことなんだけど」

「でも、いいじゃないの。パッと輝く時があったんだもの」

「輝く時、か……。十七、八で人生のピークだなんて、お話にならない。その後、五十年も六十年もあるんだぜ」

唐沢は強い口調で言うと、「ああ、ごめん。ついグチっちまった」

「いいわよ。聞くぐらいのこと……」

「近江――じゃなかった。何だっけ？」

「笹田。でも、いいのよ、〈近江〉のままで。あなたの中じゃ、〈近江〉なんだものね！」

「そうか。近江、お前も俺のこと、好きだったのか？」

口調が昔のようになって、思いがけず治子は胸がしめつけられるように痛んだ。

「ええ。――もちろんよ。でも、気が付かなかったでしょ」

「どうだったかな……。よく憶《おぼ》えてない」

「付合ったっていっても……。二人で出かけたのなんて、二、三回だったと思うわ」

三回。――三回だけだったの。

忘れたの？　三回目のデートで、あなたは私を学校の体育館へ連れて行った。

そして用具室のマットレスの上に私を押し倒して、服を脱がそうとしたわ。私、分ってはいたんだけど、その場になると怖くなって……。

私は抵抗した。あなたは、

「何だよ、今さら」

と、ふくれてた。

私は逃げ出した。そしてそれっきり、口もきかなかった。

そんなこと、もう忘れちゃったのね、きっと。

「ね、奥さんはどんな人？」

と、治子は話を変えて、明るく訊《き》いた。

〈N団地前〉で二人は降りた。

他に降りる人はいなかった。珍しい。この時間には、たいてい誰か、他の奥さんが乗り合せているものだが。

「僕は5号棟だ。君は？」

「2号棟。305号室よ」

「じゃ、そっちの道が近いね」

「あなたは……」

5号棟へ行くには遠回りだが、何となく二人は一緒にN団地へと入って行った。

「君は……」

と、唐沢が口ごもった。

「『お前』って呼んで、先輩」

「ああ」

唐沢は笑って、「お前、また会って話そうぜ」

「ええ、いいわ」

二人は、二つの棟の間の細い道に入っていった。並んで歩くと、自然、体が触れる。

唐沢が突然治子を抱き寄せてキスした。治子はちょっと身震いした。

「——悪かったか？」

「さあ……。今は立場が……」

治子は目を伏せた。

「電話する」

「ええ」

二人は足早にその道を抜け、左右へと別れた。

治子は、何だか急に夢からさめたように、立ち止って振り返った。

もう、唐沢の姿は見えなかった。

あの人は本当にいたんだろうか？　それともただの白昼の夢を見ただけなのかもしれない。

でも——と、唇にそっと手を触れる。

あのキスは間違いなく、昔の記憶を呼びさましてくれた……。

「さあ、寿美子を迎えに行かないと」

治子は、なぜか夫のことを全く思い出さなかった……。

## 6　リスト

「おはようございます」

と、浜本ゆかりは社長室へ入って言った。

〈M重工〉の社長、真田《さなだ》雄一《ゆういち》は不機嫌そうな顔を上げて、

「まだ出て来ているのか」

と言った。

「社長――。笹田さんのことでしょうか」

と、ゆかりが訊く。

「ああ、そうだ」

「今朝、出勤して来るのを見ましたが」

「しぶとい奴だな、全く！」

と、真田は舌打ちした。

「コーヒーは……」

「ああ、もらおう。――河辺《かわべ》を呼べ」

「はい」

五分ほどして、専務の河辺がやって来た。

「社長……」

真田の前では、いつもおどおどしている河辺である。

「あの裏切り者はどうしてるんだ」

と、真田は言った。

「一応毎日〈準備室〉に来ています」

「ちゃんとやってるのか」

「はあ。——普通なら、とっくにノイローゼになってると思いますが、案外しぶとくて」

「会社を裏切って告発した奴をクビにできんとはな。——信じられん!」

ゆかりがコーヒーを持って来る。真田は一口飲んで、

「うん。旨《うま》い。——君のコーヒーは旨い」

「ありがとうございます」

ゆかりが一礼して出て行くと、

「おい、河辺」

「はあ」

「笹田はどこに住んでる」

「団地です、確か。一時間ほどの所で」

「団地か。——夜なら、襲われてもおかしくないな」

「社長……。下手をすると、マスコミがうるさくなります」

「下手をしなければいい。そうだな？」

「——はあ」

「間違いのない連中に頼め。立ち直れないくらいの重傷を負わせろ。何かしゃべりたくてもしゃべれないくらいにな」

河辺は固い表情で、

「では……多少金がかかりますが」

「かかってもいい！　会社を裏切った奴を放っておけば、次が出て来る。他の社員を震え上がらせろ」

さすがに、河辺もすぐには言葉が出なかった。しかし、真田が、

「分ったのか。返事をしろ！」

と怒鳴ると、一瞬身震いして、

「はい！」

と答えたのだった。

「今、駅前だよ」

笹田は改札口を出ると、妻の治子に電話した。

「今日は遅かったのね」

「ああ、残業があったんだ。寿美子は寝たか？」

「ええ、ついさっき」

「いや、いいんだ。これから帰る。バスがもうないからな。歩くと三十分か……」

「タクシーは？　いないの？」

「少し待てば来るだろうが、もったいない。少しでも節約しないとな。じゃ、できるだけ急いで歩くよ」

「ご飯は？」

「食べてない。腹ペコだ」

「温めとくわ」

と、治子は言った。

タクシー乗場には二、三人しかいなかったが、やはりむだづかいは避けたい。

「運動不足の解消だ」

と、笹田は呟《つぶや》いて歩き出した。

だが――N団地まで、あと半分という辺りに来たとき、笹田は水滴がパタパタと肩を叩《たた》

くのを感じて、

「まずい！」

と呟いた。

雨までは計算に入れていなかった！

いつもなら鞄《かばん》に入れている折りたたみ傘が、二日前に使って、乾かしていて、そのままだ。

「頼むぜ、おい……」

足取りを速めたが、無情の雨はたちまち本降りになってしまった。

まだ十分はかかる。——笹田は、すっかり全身濡《ぬ》れてしまいながら、ともかく先を急いだ。

やっと……。

遠くに団地の明りが見えて来た。それでもまだ何百メートルかあったが……。

団地の手前はまだ雑木林が残っている暗い道だ。

せかせかと歩いていると——。

急に背後から車のライトが照らして来た。

振り向いた笹田は、自分に向って真直ぐにライトが向って来るのを見た。

我ながら、よくよけられたと思った。とっさに道の端に向って体を投げ出したのだ。

車は笹田をかすめるようにして、駆け抜けた。タイヤのはねた水が足にかかった。

「危いじゃないか！」

やっと起き上った笹田は、車に向って怒鳴った。

車は少し先まで行って停ると、バックして来た。

様子がおかしい。バックして来る車のスピードが、普通でなかった。心配して戻って来たのではない。

車が数メートル先で停ると、左右のドアが開いて、男が三人、降りて来た。

暗かったが、男たちがバットのような物、鉄パイプらしい物を持っているのが分った。

やられる！

笹田はとっさに雑木林の中へと逃げ込んだ。

「逃がすな！」

ライトが林の中を照らす。

笹田は必死で走った。——会社の雇った男たちだ。

あの〈K化学〉の吉永も襲われた。社長の真田なら平気でやるだろう。

木々の間を、ともかく走った。追って来る足音は少しも離れない。

アッと声を上げた。木の根につまずいて勢いよく転んでしまった。

したたか額を石か何かに打ちつけて、目がくらんだ。

「──手間取らせやがって」

男たちが息を弾ませて、近付いて来る。

笹田は恐怖を覚えた。たとえ殺されても、真田に疑いがかかることはない。

三人の男が足を止めて、

「俺たちを恨むなよ」

と、一人が言った。

「そうさ。恨むなら、自分の頑固なことを恨むんだな」

バットがヒュッと空を切って、雨滴が飛んだ。

笹田は体を起すと、

「社長に頼まれたのか」

と言った。

「誰だっていいさ。金になりゃな」

「ああ。ついでにお前の女房もいい女らしいからいただくかな」

「治子に手を出すな！　卑怯《ひきよう》だぞ！」

「どうせ卑怯な商売なんでね」

と笑う。「殺さない程度に痛めつけろって言われてるが、弾みで死んじまっても化けて出るなよ」

笹田は唇をかみしめた。――命乞《いのちご》いだけはしないぞ！　こんな奴らに。

そのとき――。

「誰だ？」

男たちが振り返った。ライトが男たちを照らしたのだ。

「邪魔しやがると、一緒に痛い目にあうぞ」

ライトが宙へ投げ上げられた。

草を踏む音、そして白い光が走った。

「おい……。何だよ……」

男の一人が呻《うめ》いた。「腕が……血が出てる……」

「目が見えねえ！　どうなってるんだ！」

「腹を……斬られた」

男たちがよろける。

ライトの中に、白い刀身が光った。

「おい……。やめろ！」

再び刀が光って空を切ると、男たちは、

「ワーッ！」

と叫んで逃げて行った。

「置いてかねえでくれ！　目が……」

と、一人が泣き声を上げる。

笹田はやっと立ち上ると、

「あんたは……吉永を救った人か？」

と訊《き》いた。

ライトが消えると、その人影はたちまち闇の中へ紛れてしまった……。

真田が〈M重工〉ビルのエレベーターホールへ入って行くと、今しも扉が閉《しま》りかけていた一台を、

「社長、どうぞ」

と、若い社員が扉を押えて待った。

「うむ」

「おはようございます」

「ああ、おはよう」

真田はエレベーターに乗った。他に三、四人の社員が乗っている。

「おはようございます」

という声を聞いて、

「おはよう」

と振り向いた真田が息を呑《の》んだ。

笹田が立っていたのである。額にキズテープを貼っていた。

「社長、お顔の色が」

と、若い社員に言われて、

「ああ？　いや——何でもない」

真田は何とか平静を装うと、「笹田君、どうだね、〈準備室〉の居心地は？」

「はあ。なかなか楽しく充実しています」

「そうか……」

——社長室へ入ると、真田は、

「河辺を呼べ！」

と怒鳴った。

社長の椅子にかけて、苛々《いらいら》と指で机を叩《たた》いていると、ケータイが鳴った。

「誰だ？　——もしもし」

「社長さんかい。ゆうべ、笹田ってのをやるように頼まれた者だ」

「そんなことは知らん！」

「そうは言わせないぜ。俺たちゃ、ひどい目にあわされたんだ。傷の手当、口止め料こみで三人分三千万出してもらおう」

「何だと？　そっちがやり損なったくせに！」

「じゃ好きにしな。このネタをどこへでも売り込むぜ」

「何だと？」

ドアが開いて、真田は、

「そこで待ってろ」

と言ったが、「──誰だ？」

若い女の子が一人、犬一匹を、足下に連れて来ていた。

「塚川亜由美といいます」

「何の用だ？」

「笹田さんへ謝罪して下さい」

「何だと？」

そこへ、河辺が入って来て、

「社長、失敗しました！」

と言ってから、「──誰かね？」

「どうも」

と、亜由美はニッコリ笑って、「今、殿永部長刑事も来ます」

「社長……」

「うるさい！」

と、真田は言った。「役に立たん奴だ！」

「ワン」

と、ダックスフントが一声吠《ほ》えた。


「一体、警察の人が何の用です？」

と、社長の真田は不機嫌そのものという顔で言った。

「今、塚川さんからお話があったのでは？」

と、殿永部長刑事は言った。

「そんな話は知らん！　大体何だね、そんな、胸もまだ一人前にふくらんどらん女子大生がこの、天下の〈M重工〉の社長に向って、生意気な口をききおって」

「プラスセクハラですね」

と、亜由美は言った。

「ともかく、笹田さんの件について――」

と、殿永が言いかけると、

「俺は何も知らん！　自分が世話になった会社を平気で裏切るような奴だ。他にも色々恨みを買っとるだろう。その誰かが襲ったのさ」

亜由美が口元につい笑みを浮かべて、

「社長さん」

「何だ」

「笹田さんが襲われたことをどうして知ってるんですか？」

「それは……お前が言ったじゃないか」

「私はただ『笹田さんへ謝罪して下さい』と言っただけです。ね、ドン・ファン」

「ワン！」

「いや……その刑事が言ったじゃないか！」

「私は、『笹田さんの件について』と言っただけです」

真田は赤くなったり青くなったりしていたが、専務の河辺の方へ、

「お前も聞いただろう？　こいつらが『笹田が襲われた』と言ったのを」

と、ほとんど怒鳴るように言った。

「そ、それは……」

と、河辺が口ごもる。

「聞かなかったと言うのか！」

「いえ、聞きました、はい」

と、直立不動になって言った。

「嘘はいけません」

と、殿永が言った。「偽証罪に問われますよ」

「いえ、嘘じゃありません」

と、河辺が言った。

亜由美はバッグからICレコーダーを取り出して再生した。

「――笹田さんへ謝罪して下さい」

「何だと？」

「社長、失敗しました！」

そのやりとりを聞いて、河辺は真青になった。

「河辺さん」

と、殿永が言った。「この『失敗しました』と言っているのは、何のことですか？」

「それは――あの――」

と、河辺は汗を拭《ぬぐ》って、「仕事上、色々とありまして、それがうまく行かなかった、ということで……」

「笹田さんを襲わせたのが、うまく行かなかったということでは？」

「違います！　決してそんな……」

「これ以上は話さん！」

と、真田は机を叩き壊しそうな勢いで力任せに叩くと、「弁護士を呼べ！」

「認めるんですね、笹田さんを、人を雇って襲わせたこと」

と、亜由美が言った。

「何も認めん！」

「ではいいでしょう」

と、殿永は言った。「ふしぎな剣の達人の女性が現われて、笹田さんを襲った男たちに傷を負わせています。男たちはあわてて近くの病院に駆け込みました。傷の手当を受けたことで、調べれば男たちの身許《みもと》も分る。その男たちの証言を聞いて、またお邪魔しますよ」

「ワン」

というわけで――亜由美たちが引き上げて行くと、真田は真赤になって、

「ゆかり！」

と、秘書の浜本ゆかりを呼んだ。

「お呼びでしょうか」

「塩をまけ！」

「塩ですか？」

と、ゆかりが目を丸くする。「床がいたむと思いますが……」

「構わん！　それから――例のリストを持って来い」

「例のリスト……ですか。でも、『例のリスト』は最低でも五つはあるので。どの『例のリスト』でしょうか？」

「〈準備室〉送りの候補者リストだ」

「かしこまりました」

ゆかりが出て行くと、真田は河辺に、

「その三人組が、傷の手当て代と口止め料に三千万要求して来た」

と言った。「とんでもない奴らを選んだもんだ」

「申し訳ありません……」

河辺は震えながら言って、「で、どうしたら……」

「考える」

と、真田はそっけなく言って、「少し机の中を整理しとくんだな」

河辺は今にも倒れてしまいそうだった……。

## 7　犠牲

超高層のオフィスビルの最上階。

会員制クラブの重々しい扉が開くと、

「塚川様でいらっしゃいますね」

と、執事といったいでたちの男が迎えてくれる。「真田様がお待ちです」

亜由美は、あまりいい気持はしなかったが、真田が、

「真相を告白したい」

と言って来たので、やって来た。

「――やあ、先日は失礼」

個室で真田がニコニコしながら出迎えた。

亜由美は、殿永と、そして笹田まで来ているので、びっくりした。

「ランチはなかなかいける」

と、真田が言った。

「おごっていただくわけにはいきませんので」

と、殿永が言った。「ここは各自払うことにいたしましょう。それでお話とは？」

「いや、誠に申し訳なかった！」

と、真田はいきなり謝って、「すべては専務の河辺が一人でやったことだ」

「河辺さんが？」

と、笹田が言った。「どうして分ったんです？」

「当人から告白の手紙が来た」

真田は内ポケットから封筒を取り出した。

「読んでくれ。――河辺が三人のならず者を雇って、笹田君を襲わせたと書いてある」

「――確かに」

と、殿永は手紙を亜由美へ回して、「しかし、河辺さんはどこにいるんです？」

「俺も心配しとるんだ」

と、真田は言った。「その連中に三千万払って、姿を消した」

「姿を消した？」

「うん。――それから笹田君には工作部に戻ってもらう。やはり君は必要な人間だという意見が多くてね」

「はあ……」

笹田は唖然《あぜん》とした。

「それはいつのことです？」

と、殿永が訊《き》く。

「三日前かな。――俺も心配で、家にも連絡を取ってみた」

「それで？」

「河辺には、長年連れ添った女房がいる。女房には急な出張だと言って出かけたそうだ」

「行方は分らないんですか」

と、亜由美が言った。「大切な部下のやったことですよ。責任を感じないんですか」

「もちろん、道義的な責任は感じる。――ああ、ここのスモークサーモンはなかなかいけますぞ」

真田はさっさとオードヴルを食べ始めて、

「――まあ、〈M重工〉のように、社員数が全世界で何万人という企業となれば、中には色々な社員がいる。その一人一人が何をしたからといって、いちいち責任を感じるわけにはいかんのですよ」

真田の言葉に、さすがに亜由美も怒るより呆《あき》れてしまった。

「失礼」

殿永のケータイが鳴って、席を立つ。

「確か、河辺専務の奥様は、具合が悪くて入院しておられたのでは……」

と、笹田が言った。

「そうなのか？　河辺はひと言も言わなかったが」

「そういう古いタイプの方ですから」

「そうだな。今の世界では、ああいうタイプは通用せん。笹田、君のような人材が、これからは求められておるのだ」

真田の図々《ずうずう》しさに、亜由美と笹田が唖然としていると、殿永が戻って来た。

「殿永さん、どうかしたの？」

と、亜由美が訊く。

殿永は沈痛な面持ちで、

「今、横浜港で車が海に突っ込んだということで……。引き上げたところ、中に男性の死体が見付かりました」

「まさか――」

「上着の身分証によると、〈河辺正彦《まさひこ》〉とあったそうです」

「まあ……」

「今、確認のために奥さんが向っているそうです。私もこれからすぐに向いますので」

「私も」

亜由美が席を立ち、笹田も立とうとした。

「笹田君、君には別の話もある。もう少しここにいてくれ」

と、真田は止めて、「おい、ゆかり」

と呼んだ。

秘書の浜本ゆかりがすぐにやって来る。

「お呼びですか」

「この人たちと一緒に行ってくれ。確かに河辺なら、葬式の手配を」

「かしこまりました」

「それから車は河辺個人のものかどうか、見て来い。もし社の車だったら、保険に入っていたかどうか」

「はい」

「では、俺はここで失礼」

と、真田は食事を続けて、「ビジネスは戦場です。腹が減っては戦ができぬ、と言いますからな」

「頭に来る！」

と、亜由美が何度も言った。

「全くです」

てられるわね」

「浜本さんだっけ？」

と、亜由美は車を運転している浜本ゆかりへ声をかけた。「よくあんな人の秘書、やっ

と、殿永が肯《うなず》く。

「その分もお給料の内ですから」

と、ゆかりがクールに答えた。

「それにしたって……」

「ああいう人が大企業のトップにいるというのが、日本の現実です」

と、ゆかりは言った。「残念ながら」

——亜由美も何とも言えなかった。

車が現場へ着くと、

「夫人はどうした？」

「今、あちらのオフィスの方へ」

「分った」

「私もご同行しても？」

と、ゆかりが訊いた。

「——どうぞ」

殿永は少し考えてから言った。

「ひどい話だね」

と、神田聡子が言った。

「ねえ。本当に、ドン・ファンがいたら、真田に思い切りかみつかせてやったのに」

「ワン」

亜由美の部屋で、三人は寝そべっていた。

「それで、笹田さんは？」

「何だか、急に仕事が忙しくなったとかで、大学にも来られるかどうか分らないって」

「そうか……」

「人間、雇われてると弱いのね」

「私たちは学生だから、全然違うね」

「でも、いつか社会に出るのよ」

と、亜由美は言った。「そのとき、もし会社の命令と、自分の信じてることが矛盾してたら……。聡子、どうする？」

「そんなこと、今訊かれたって……。そのときになってみないと分んないわよ」

「つまり、もしかしたら、間違ってるって分ってても、言われる通りにするかもしれない、ってことでしょ」

「そうね……。もし、女手一つで子供を育てなきゃいけないって状態になってるとしたら……。逆らえばクビでしょ?」

亜由美もため息をついて、

「難しいね」

と呟《つぶや》いた。「あ、電話」

亜由美のケータイが鳴っていた。

出てみると、

「あ、殿永さん。――何か分りました? ――え? 今夜? ――ええ、もちろん行きます!」

「――どうしたの?」

「今夜、あの河辺さんって専務のお通夜ですって。例の真田社長も来るらしい、って。行ってみるわ。聡子、行く?」

「でも……お香典、どうするの?」

「ワン」

と、ドン・ファンも参加を表明した。

「やあ」

殿永が、斎場の入口で待っていた。

「本当に真田が来るんですか？　図々《ずうずう》しい！」

「その予定らしいですよ。まだ来ていませんが……」

「例の三人組のこと、何か分りました？」

「笹田さんを襲った三人ですね。大体身許は分ったんですが、どうやら真田が早々に金をつかませて、どこかへ逃がしたんでしょう。行方は分っていません」

「お金は河辺さんが出したと……」

「形の上ではそうです。河辺の預金が空になり、家も抵当に入っています」

「そうさせられたんでしょうね。ひどい奴だわ」

――腹を立ててばかりいても仕方ないので、亜由美たちは中へ入った。

お香典は聡子と連名にして、母の清美から借りた。亜由美は「返さなくていいよね」と思っていたのだが、そこは清美も見抜いていて、

「三か月以上たったら、利息を取るわよ」

と、厳しいのだった……。

正面には河辺の遺影。――普通、にこやかに笑っている写真を使うものだが、河辺はここでも疲れ切ったような顔をしている。

そして——具合が悪いという妻の姿に、亜由美は胸が詰った。

河辺礼子《れいこ》は、夫と一つ違いの五十七歳ということだったが、見たところ六十、七十とも思える老け込み方で、涙も出ないといった様子で、放心したように座っている。

「大丈夫かね」

と、聡子がそっと言った。「奥さんの方も死んじゃいそうだよ」

「やめなさいよ」

と、亜由美がつつく。

そのとき、入口の辺りがざわついた。

そして、真田が堂々と入って来たのである。——亜由美は目を疑った。

真田の後ろについて来ているのは、何と笹田だったのである。

真田はさっさと焼香すると、妻の礼子の方へ一礼した。

すると、礼子がハッとした様子で立ち上がり、

「まあ……。社長さん、お忙しいのに、わざわざ……」

と、礼を言うのだった。

「いやいや、河辺君はよく働いてくれましたからな」

「社長さんにそうおっしゃっていただくと……。きっと主人も喜んでいると思います」

喜んでないでしょ、と亜由美はよほど怒鳴ってやりたかった。

「まあ、今後のことは相談にのろう」

と、真田は恩着せがましく言って、そのまま引き上げて行こうとした。

そのときだった。——突然、ガタガタと音がして、礼子がその場に倒れたのである。

「大変だ！　救急車！」

と、殿永が怒鳴った。

立ち上った亜由美は、反射的に真田の方を振り向いた。

騒ぎが聞こえていないはずがないのに、真田は足を止めようともせず、そのまま式場を出て行くところだった……。

## 8　騙《だま》し騙され

「河辺の女房も死んだか」

と、真田は新聞を広げて、「これでうるさい奴が一人減った」

「社長」

と、浜本ゆかりがモーニングコーヒーを運んで来る。

「おお、ゆかりのコーヒーを一口飲まんと朝が始まらん」

「恐れ入ります」

真田がコーヒーを一口飲んで、

「旨《うま》い！」

と、満足げに肯《うなず》く。

「笹田さんが待っておいでです」

「そうか、入れと言え」

「はい」

ゆかりは社長室のドアを開けて、「笹田さん、どうぞ」

と呼んだが……。

笹田はぼんやりと突っ立っているばかり。

「――笹田さん」

と、もう一度呼ばれて、

「あ、はい！」

と、あわてて、「ごめん。ちょっと……」

「大丈夫？」

と、ゆかりは心配げに、「何だか疲れてるようよ」

「いや、ちょっと色々あってね……」

笹田は言葉をにごすと、社長室へと入って行った。


「もう行くよ」

と、唐沢充年はベッドを出ると、急いで服を着た。

「――もう？」

治子はベッドの中で体を起こして、「まだ一時間たってないわよ」

「今はケータイのGPSで居場所が会社に分るんだ」

と、唐沢はネクタイを締めながら、「一時間もどこで何してた、と訊《き》かれるからな」

「じゃあ……どこか、お休みの日に会ってよ」

と、治子は言った。「出られないことないでしょ?」

「女房が怪しむとな……。土日は息子の相手をしなきゃ」

「そうね……」

「お前も、早く帰った方がいいんじゃないのか?」

「大丈夫。このところ、主人、また帰りが遅いの」

「結構だな。じゃあ……」

唐沢は仕事用の鞄《かばん》を手に取ると、「ええと……」

「私が払っといたわ。心配しないで」

「そうか? いつも悪いな。何しろ、こづかいが、ランチとタバコ代でぎりぎりなんでな」

と、唐沢は笑って見せて、「女はしたたかだな。自分で使える分をこっそり貯め込んでる」

「ええ。だから大丈夫」

「それじゃ――。近江《おうみ》、またな!」

「ええ、先輩《せんぱい》」

唐沢が出て行って、ドアが閉ると、笹田治子はしばらくじっとそのドアを見つめていた。

その内、再びドアが開いて、唐沢が戻って来て言うのだ。

「治子。お前が何より大切だ。このまま二人でどこか遠くに逃げよう！」

——しかし、もちろん唐沢は戻って来なかった。

現実では、そんなことは起らないのである……。

治子はベッドの中でしばらく動けなかった。

かつて憧《あこが》れた先輩。その唐沢と、こうして昼間のひととき、ホテルで愛し合う。

といっても、長時間、唐沢がいたためしはない。急ぐときは、わずか三十分ほどで行ってしまう。

その、わずかな時間の隙間を見付けての逢瀬《おうせ》も、初めの一、二回は楽しかった。スリルがあって、治子は却《かえ》って興奮した。

しかし一度愛し合った後、唐沢が眠ってしまい、一時間半ほどたって目を覚ましたときのあわてよう。いや、ただ「あわてて」いるのでなく、会社にばれたらどうしよう、と怯えている姿を見て、治子は、かつて憧れた「先輩」がもうどこにもいないということに気付いた。

ホテル代も、いつも治子が払う。そして、時には、

「ちょっとランチ代が足りなくて……」

と、治子にこづかいまでせびって行く……。

治子は失望していた。

それでも、こうして時間ができると会いに出て来る。――「先輩」が治子のことを頼ってくるということが、嬉《うれ》しかったのだ。

唐沢の方は、治子のことなど何とも思っていない。治子にもそう分っていた。

でも――こうして一瞬でも唐沢に抱かれていると、治子の中の「青春」が戻ってくる気がするのだ。

「帰らなきゃ……」

と、治子は呟《つぶや》いた。

寿美子はまだ三つだ。――ママがいなくて寂しいだろう。

治子は起きると、バスルームで軽くシャワーを浴びて、身仕度をした。

もちろん、部屋代は先払いしてある。

買物用の大きめのバッグを手に、ドアを開けると――。

目の前に若い女性が立っていた。

「もう仕度、すみましたか?」

と、その女性は訊いた。

「あなたは?」

「ご主人の知り合いです」

を見ていた……。

「お話したくて、待っていました」

治子は呆然《ぼうぜん》として、その女の足下のダックスフントがじっと自分の方を見上げているの
「主人の？」

「主人が——知ってる？」

「ええ」

と、亜由美は肯いた。「何もかも」

「でも……あの人、何も言わないわ」

「そうでしょう。でも、知ってるんです。あなたが浮気していることを」

「それならなぜ——」

「あなたも、笹田さんの性格はお分りでしょう？」

そう訊かれて、治子は詰った。

「それって……」

「笹田さんはご自分を責めています。自分がちゃんと構ってやらなかったからだ。悪いのは自分だって」

治子は他人からそう言われて、初めて確かに夫がそういう人間だということに気付いた

ようで、

「悪いのは私です」

と、目を伏せて言った。「あんな下らない男と、ズルズルと関係を持ってしまった。自分でも、呆《あき》れています」

「奥さん。奥さんの浮気のせいで、今、ご主人はとても辛《つら》い立場にいるんです」

と、亜由美は言った。「ご家庭で、というだけじゃありません。会社の中でも」

「――どういうことでしょうか」

「ご主人が〈M重工〉の武器輸出に関して、内部告発したことはご存知でしょう」

「ええ。詳しいことは知りませんが」

「社長の真田が人を雇って、笹田さんを襲わせようとしました」

「それは知っています」

「真田は罪を専務の河辺に押し付けて、河辺は自殺、奥さんも後を追うように亡くなりました」

「聞いています」

「で、今、真田が河辺の代りに使っているのが、ご主人なんです」

治子は啞然《あぜん》として、

「どうしてそんな――」

「真田が、ご主人の弱味をつかんでいるからです」

しばらく間があって、やがて治子は青ざめた顔で、

「私の浮気のことですか」

「ええ。奥さんが浮気している証拠写真をご主人に見せて、『この写真が方々に出回ったら、奥さんはきっと生きていけないだろうな』と言ったそうです」

「それで主人が……」

治子の声が震えた。

「ご主人の様子がおかしい、と知らせてくれた人がいまして。私、ご主人に直接、何があったのか、訊《き》きました。ご主人は嘘のつけない人です。涙を浮かべて、話してくれました」

「そんなことが……。どうして私に何も言わずに」

と言いかけて、治子は息を呑《の》んだ。「待って下さい。じゃ、もしかして、唐沢さんが私と出会ったのは……」

「高校の先輩ですね。今、〈Rスポーツ〉をクビになりかけています」

「では、唐沢さんは私を騙《だま》して……」

「初めからではないでしょう。真田は、何か笹田さんの弱味を握ろうとして、奥さんのことも調べて、唐沢との仲を知ったんです」

「じゃ、唐沢さんは――」

「真田は唐沢を呼びつけて、奥さんとの密会現場の写真を撮らせるように言ったんです。その代り、唐沢は近々〈Rスポーツ〉を辞めて、〈M重工〉の子会社に入れることになっているそうです」

「先輩が……。そんなひどい……」

と、治子は呻《うめ》くように言った。

そして、顔を上げると、

「もう、二度と唐沢さんとは会いません」

と言った。

「それだけではなくて」

と、亜由美は言った。「真田と唐沢に後悔させてやろうと思うんです」

「ワン」

と、ドン・ファンが吠えた。

さびれた一軒家だった。

「確かにここだけどな……」

と、笹田はメモを見て、ちょっと首をかしげた。

それから、その家の玄関の引き戸を開けて、

「ごめん下さい」

と、呼んだ。

引き戸は滑らかに開いたので、出入りはあるのだろう。

「失礼します」

と、笹田はくり返し言った。「どなたかいませんか？」

すると、

「笹田か」

と、突然声がした。「地下に来てくれ」

この声……。

笹田は地下へ下りる階段を見付けて、下りて行った。

「やあ、来たな」

と見上げたのは――。

「久保さん！」

と、笹田はびっくりして、「こんな所で、何してるんですか？」

「見れば分るだろう。仕事さ」

地下は作業場になっていた。

笹田から見れば大先輩の久保である。

「社長に言われて、ここへ来たんです」

と、笹田は言った。

「ああ。俺の手伝いを頼む」

と、久保は言った。

「もちろん。何をすればいいんですか?」

「それさ」

久保が指さしたのは、作業台の上の、一辺十センチほどの箱だった。

「見てもいいですか?」

「もちろんだ」

笹田は、箱のふたを外して、息を呑んだ。

「久保さん、これは――」

「見れば分るだろう。爆弾だ」

「こんな物をどうして――」

と、言いかけて、「そうか、この間の爆弾騒ぎも久保さんが?」

「ああ。自分の身を危険にさらして、みごとにやってのけたろ?」

と、久保は自慢げに、「なかなかいい仕事だった」

「でも……」

「しかし、寄る年波には勝てない。最近は、手が震えてな。細かい細工をするのが大変なんだ」

「それで……」

「この前はわざと小さめにしておいた」

笹田は中を見て、

「――これは、かなりの爆発力がありますね」

と言った。

「ああ、分るか」

「それぐらいは。でも、こんな物、どこに仕掛けるんですか？」

「それは内緒だ」

と、久保はニヤニヤして、「ともかく、下手をしたら、この家が吹っ飛ぶ。お前の腕が欲しかったんだ」

「久保さん。まさか人を殺したりしないでしょうね」

「おいおい。俺は殺人鬼じゃないぞ。一人の技術屋だ。この爆弾で人が死んだり、傷つくことはない。約束する」

笹田は、ちょっとため息をついて、

「分りました。──何をすれば？」

「時計との連動だ。間違えると、人が死ぬこともあるかもしれない」

と、久保は真剣に言った。

「ご心配なく。でも、どこでどう使うのか分らないと……」

「お前はそういう点、頑固な奴だからな」

と、久保は肯《うなず》いた。「まあいいだろう……」

# 9　逆　襲

ああ……。

絡みつくような頭痛で、唐沢は目を覚ました。

「畜生……」

と、呟《つぶや》くように言って、「どうしたんだ、一体？」

飲んだ。──確かに、夕方からどんどん飲んで……。

それも、どこかのパーティで、あの真田社長から、

「俺の代理で行って来い。好きなだけ、飲み食いできるぞ」

と、招待状をもらったのだ。

そして本当にホテルのパーティ料理とワインを好きなだけ味わった。

それは良かったのだが……。

やはり酒好きのあさましさで、「もったいない！」と思うと、つい飲みすぎてしまったのだ……。

「ああ……」

どこだ、ここ？
目をこらすと――。
「え？」
と、思わず声を上げた。
そこはホテルの一室だった。
いつも治子と時間を過すホテルの部屋らしい。
こんな所に入った記憶はないが。
しかし、間違いなく、ホテルの部屋のベッドで、裸で寝ていたのだ……。
裸で？　――唐沢は仰天した。
どうしてこんな格好なんだ？
そのとき、
「ウーン……」
と、他の声がして、唐沢は飛び上りそうになった。
「え？　――何だ？」
同じベッドの中に、女の子が寝ている。
見たことのない子だ。一体どこの誰なんだ？
やっと少し頭がはっきりして来て、唐沢はベッドに腰をかけて息をついた。

床に、服が散らばっている。

自分の上着やズボン、靴下にワイシャツ、セーラー服……。

「まさか！」

と、唐沢は目を見開いた。

それは確かに、どこかの高校のセーラー服らしかった。

では俺は……。女子高校生を相手にしてしまったのか？

唐沢は全身から血の気のひく思いを味わっていた……。


しばらく、すべてが幻で消えてなくなってくれるのではないかという儚《はかな》い期待を持って唐沢はベッドに座っていたが、結局そんなことにはならないと分った。

逃げよう。――高校生の女の子を相手にしたとなったら、ただではすまない。

幸い、少女はぐっすり寝入っている。

唐沢は少女がいつ目を覚ますかハラハラしながら、急いで服を着た。

大丈夫そうだ。

そっと忍び足で部屋を出る。

ドアを閉めて、やっと息をつくと、

「いけねえ」

もう朝になっていたのである。

しかし、このまま出社するのも……。

唐沢は、ともかくエレベーターへと急ぎながら、どうしようかと迷っていた。

帰宅してシャワーでも浴びたいが、妻のひとみがどう思うか。

といって、ひげもそらずに出社したら、女性社員たちに見られてしまう。——外泊したと分ってしまうだろう。

ひとみには「仲間と飲んでて酔い潰《つぶ》れた」と言いわけすればいいか……。

「そうか——」

今日、ひとみは実家へ行くと言っていた。

今から帰れば、伸治《しんじ》も幼稚園だ。

唐沢はホテルを出るとタクシーを停めた。

もったいないが、今はそんなことを言っていられない。

タクシーから、会社へ、「遅刻する」とメールを送っておく。課長から、また嫌味を言われるだろう。

「どうせ辞めるんだ……」

唐沢は呟いた。あの真田社長から、勤め先を世話してもらうことになっている。

何か言われたら開き直ってやろう。さぞ気持いいだろうな……。

N団地へ着くと、唐沢は急いで家へ駆け込み、シャワーを浴びた。

「やれやれ……」

少し落ち着いた。

女子高校生か。——俺もてるんだな。

呑気《のんき》なことを考えて、シャワーを止め、バスタオルで体を拭《ふ》きながら出ると、

「何してるの？」

妻のひとみが立っていた。

「お前……。実家に行くとか言ってなかったか？」

ポカンとしながら、唐沢は訊《き》いた。

「お母さんが具合悪くなったって言って来たのよ。どうしてシャワーなんか？」

「いや——ゆうべ飲み過ぎて。友だちの所で眠っちまったんだ。それで……」

「このお友だち？」

ひとみが、唐沢のケータイを突きつけた。メールに写真が添付されていた。あの女子高校生とベッドに入っている写真だ。

唐沢の方はトロンとした目だが、少女の方はニコニコして、ピースをしている。自分のケータイで撮ったのだろう。

「〈一人で置いてくなんて、ひどいじゃない！〉ってメールよ。返事したら？」

と、ひとみは言った。

「どうしたんだ、その傷は」

と、真田が言った。

「いえ、ちょっと……」

唐沢は頬に貼ったキズテープにそっと触って、「猫に引っかかれまして……」

「話は分ってるな」

と、真田は言った。

「はあ……。しかし、初めの約束では——」

「事情は変るんだ」

と、真田は言って、「不満か？」

「いえ、そんな……」

「あの塚川亜由美ってのが生意気で、頭に来る！　帰り道でもどこでもいい。襲って好きなようにしてやれ」

社長室に、浜本ゆかりがコーヒーをいれて運んで来る。

「どうぞ」

と、唐沢の前にコーヒーを置いて、「クッキーをお持ちしました」

「はあ、どうも……」

唐沢は会釈して、クッキーをつまんだ。

「やあ、これはおいしいですね」

と、唐沢は言った。

「お気に召していただいて幸いです」

と、ゆかりは微笑んで、「今朝、自分で焼きましたの。どうぞ召し上って下さい」

「はあ……」

ゆかりが置いた器から、唐沢は二つ三つ、クッキーをたて続けにつまんだ。

ゆかりが社長室から出て行くのを待って、真田は続けた。

「相手は女子大生だ。一人でやれるな」

「真田さん……。ですが、それって犯罪ですよ」

「分っとる。だからタダでやれとは言わん」

「しかし……レイプは浮気とは違います」

「いやならいい。その代り、仕事の世話をする話はなかったことにする」

「そんな……。〈Rスポーツ〉からは、もういつ辞めるのかと訊かれてるんです」

「同情しろと言うのか？　仕事のできん奴をクビにするのは当り前だ。俺は〈Rスポーツ〉の社長の方に同情する」

唐沢は青ざめた。

「――分りました」

声がかすれている。

「それでいい。若い娘をものにするんだ。損はなかろう」

真田は、ゆかりのいれたコーヒーを飲んで、「うん、旨《うま》い。あの浜本ゆかりは実によくできた秘書なんだ」

「クッキー、旨いです」

と、唐沢は最後の一個をつまんで、「どうしてその女子大生を、その……」

「俺は馬鹿にされるのが我慢ならんのだ」

と、真田は言った。「あの女はここへ入って来て、俺に笹田へ詫《わ》びろと言った。日本を代表する〈M重工〉社長のこの俺に向ってだぞ！　許さん！」

「ですが……もし失敗したら？」

「やる前から失敗の心配か」

「もし言われた通りにやったとしても、泣き寝入りするとは限りませんが」

真田はちょっと考えて、

「――うむ。いいことを言ったな」

と肯《うなず》いた。「確かに、あの娘、素直に口をつぐんじゃいないだろう」

「やっぱりやめておいた方が……」

「いや。──構わん。塚川亜由美を殺せ」

唐沢はクッキーを喉《のど》につまらせて、目をむいた。


「自分のためじゃない。そうだ。家族のため、女房と子供のためだ……」

唐沢はくり返しそう呟《つぶや》いていた。

電車の中で、そうくり返していたら、近くにいた客が気味悪そうに離れて行ったが、唐沢は一向に気が付かなかった。

──N団地へ入り、5号棟に入る唐沢の足どりは重かった。

手には一応おみやげのケーキをさげていたが、それくらいで妻のひとみが口をきいてくれるようになるとは思えなかった。

それでも、何もしないよりはましだろう……。

「ただいま」

と、玄関を開けると──。

中は真暗だった。

「ひとみ？　──伸治」

上って、明りを点《つ》ける。

やっぱりか……。怒って実家へ帰ってしまったんだな、伸治を連れて。

「こんなことになるんじゃないかと……」

と、居間へ入って、唐沢は立ちすくんだ。

ソファもテーブルも、戸棚もTVも、すべて消えて、空っぽになっていたのである……。


「もしもし。近江か」

と、唐沢は言った。

「先輩。どうしたんですか？」

治子の声を聞くと、唐沢はホッとした。

「すまん、こんな時間に。今、大丈夫か？」

唐沢はケータイで団地の中からかけていた。

「ええ。主人は今日も遅いって」

「そうか。悪いけどな……。一晩泊めてくれないか」

「泊まる？　それはいくら何でも……」

「そうだよな」

唐沢も、たぶん断られると思っていた。「じゃ、すまないが今夜のホテル代を貸してくれ」

「どうしたの？　家から追い出された？」

「いや、まあ……それに近い」

唐沢は曖昧《あいまい》に言った。「ともかく、どこかビジネスホテルにでも泊らないと……。お前、出て来られないか？」

「それは……。寿美子がいるもの」

「そうだな」

「ともかく、お金、持って行くわ。どこにいる？」

——やれやれ。

団地の中の小さな公園のベンチに腰をおろして、唐沢は息をついた。

今夜はこれで何とかなる。しかし——明日からどうすればいいんだ？

何しろ、部屋のものは全部運び出されて空っぽ。ベッドも布団も、タオル一枚、置いていない。

ひとみの怒りは徹底していた。何しろトイレットペーパーさえ持って行ってしまったのだ！

「あそこまでやることもないよな」

と呟く。

少しすると、サンダルの音がして、治子がやって来た。

「やあ、悪いな」

「いいえ。じゃ、これ」

治子は封筒を渡して、「寿美子がまだ起きてるから、戻るわ」

「分った。また会おうな」

「ええ、先輩」

治子にそう言われると、悪い気はしない。

「ちょっと待て」

唐沢は治子を引き寄せてキスした。

「見られたら大変」

と、治子は笑って、「じゃ、行くわ」

「うん……」

小走りに戻っていく治子を見送って、唐沢はため息をついた。

「情ないな……」

治子には、いつもホテル代も食事代も払ってもらっているから、この上……。

しかし、今となっては、どこへも行けない。

「畜生……」

俺が何をしたっていうんだ！

色々やっているのだが、今は自分に都合のいいところだけを思い出していた。

こうなったら……。そうだ。

あの真田から言いつけられた件をうまく片付けて、何としても仕事を見付けないと。

不安はあったが……。

人を殺すのだ！　俺にできるだろうか。

「やるんだ」

と肯きながら言った。「俺は何だってやれるぞ！」

女子大生——塚川亜由美を襲って、殺す。

それはいとも簡単なことのように——思えたのだったが……。


「もしもし」

「吉永さん？〈M重工〉の笹田だけど」

「ああ、どうしてる？」

「そっちも、けがの方は？」

「もう大して痛まないよ」

と、〈K化学〉の吉永は言った。

「実は、僕も助けられた」

と、笹田が言うと、

「あの女剣士かい？　本当に？」

と、吉永は声を弾ませた。

笹田が、襲われたときのことを話すと、

「──やっぱりね。しかし、大した腕だろ？　しかも暗くて顔もよく分らないところが、謎の美女って感じだな」

「顔が分らないんだから」

と、笹田は笑った。「ところで、〈M重工〉の真田社長が、吉永さんに会いたいと言ってる」

「おたくの社長？」

「うん。分ってる。分らず屋には違いないけど、損得の勘定はする人だから」

「へえ。それで何の用事が？」

「内部告発するほどの社員の方が、実は会社を愛してるんだってことが分った、って言うんだ。それで、我々と話し合いたいって」

「うーん……。よく分んないけど。別にこっちは構わないよ」

「じゃ、明日の帰りに。大丈夫かい？」

「ああ。どこへ行けばいい？」

と、吉永は訊《き》いた。

## 10　襲う

大学の研究棟から出て来た女子大生は、足早に裏門の方へと向った。

街灯の明りで顔が見える。――唐沢は、手もとの写真と見比べて、

「うん、間違いない」

塚川亜由美だ。

唐沢は周囲を見回した。――夜の大学構内は人気もなくて寂しい。

唐沢は、大股《おおまた》に進み出て、亜由美の行く手を遮った。

「何か？」

と、亜由美が訊く。

「塚川亜由美だな」

「ええ」

「気の毒だが、無事に帰れないと思ってもらおう」

できるだけ凄《すご》みをきかせたつもりである。

「どういう意味ですか？」

と訊かれて、いささかがっくり来たが、

「分らせてやる。その体にな」

と、歩み寄る。

相手は当然青くなって、「何するの？　やめて！　助けて！」と叫ぶ——はずだった。

しかし、亜由美は一向に動じる気配もなく、

「やめておいた方がいいわよ」

と言った。「そっちの体が危いと思うわ」

「何だと？」

と言ったとたん、足首にガブッとドン・ファンがかみついた。

唐沢は飛び上って、

「いてっ！　こら！　こいつ！」

と振り放そうとする。

「ドン・ファン、放して」

ダックスフントがタタッと亜由美の足下へ走る。

「畜生！　かみつきやがったな！」

「犬ですからね。犬がパンチでも食らわしたら珍しいでしょうけど」

「血が出てる……。訴えてやる！」

亜由美がふき出しそうになって、

「女を襲おうとしたら、その愛犬にかまれたって、警察に訴えるの？」

「やかましい！　畜生……」

足首から血が出ているような状態で、女を手ごめにするのは無理だと思った。

それならいっそ――。

「命はもらった」

と、唐沢は念のために持っていたナイフを取り出して、「恨むなよ。俺だって、好きでやってるわけじゃないんだ」

「そのナイフで刺すつもり？」

「何だと？」

「それ、万能ナイフでしょ。出てるのは刃じゃなくて、栓抜きよ」

「俺を……馬鹿にしやがったな！」

言われた通りだった。唐沢はあわててナイフの刃を出すと、

「覚悟しろ！」

「やめた方がいいわよ、唐沢さん」

「何？」

「後ろ、後ろ」

と、亜由美が唐沢の背後を指さす。

唐沢が振り向くと――スーツ姿の女性が立っていた。

「あんた……真田社長の秘書じゃないか」

「浜本ゆかりと申します。ナイフを捨てないと、けがをしますよ」

「何だって？」

ゆかりは細身のステッキを持っていた。唐沢は目をみはって、

「あんたは――」

と言いかけた。

ゆかりがステッキに仕込まれた剣を抜いて、一瞬刃が白く光った。

唐沢の右腕がしびれて、ナイフが落ちる。

血がほとばしって、痛みは最後に来た。

「切られた！　――おい、何するんだ！」

「痛みを知りなさい」

と、ゆかりは言った。「人を刺そうと思うのならね」

「血が……。おい、血を止めてくれ……」

唐沢がしゃがみ込んで、泣き出してしまった。

「情ない人」

もう一人の声がした。

「お前……。治子か」

「病院へ連れて行ってあげます。それが先輩への最後の奉仕です」

「治子……。悪かった」

「謝るなら主人へ」

と、治子は言って、唐沢の右腕の付け根をきつく縛った。

「病院へ殿永さんが行きます」

と、亜由美は言った。「さ、ドン・ファン、帰ろ」

「ワン」

と、ドン・ファンは吠《ほ》えた。

ゆかりの姿はもう消えていた……。


「遅いな」

と、吉永は眉《まゆ》をひそめた。「もう約束の時間を三十分も過ぎてるぞ」

「来る気がないんじゃないのか」

と、他の社で内部告発をした社員が言った。

笹田と吉永の他にも三人が、貸会議室に集まっていた。

「申し訳ない」

と、笹田は言った。「たぶん来ないだろうとは思ってた。しかし、代りにちょっとした趣向があるんだ」

「何だい?」

そのとき、部屋の天井のスピーカーから、声がした。

「諸君、本日は集まってくれてありがとう」

「誰だ?」

と、吉永が言った。

「僕の大先輩の技術者だよ」

と、笹田は言った。

「君たちは永年世話になった会社を裏切ったのだ。そんなことを認めたら、日本はだめになってしまう」

と、久保が言った。「君らには天罰が下る!」

「何だこりゃ?」

と、吉永が首をかしげる。

「その部屋には爆弾が仕掛けてある。逃げ出すことはできない。ドアは施錠してある」

「おい——」

「落ちつけ」

と、笹田は言った。「大丈夫だ」

「では諸君！　さらばだ」

と、久保の声が高らかに響いた。

そして……ドカンという音が――天井のスピーカーから聞こえた。

「――どうしたんだ？」

「爆弾を仕掛ける場所を間違えたのさ」

と、笹田が言った。

やがてスピーカーから、

「助けてくれ！　どうなってるんだ！」

と、久保の悲鳴が聞こえて来た。

「じゃ、せっかく集まったんだ」

と、笹田は立ち上って、「どこかで一杯やって帰ろう。僕がおごる」

「いいね！」

ドアはちゃんと開いて、一同が出て行った後も、スピーカーからは、

「ゴホゴホ……。おい！　誰か助けてくれ！」

という久保の声が聞こえていた……。

「社長」

と、浜本ゆかりが社長室へ入って来て言った。「警察の方が」

「入れろ」

と、真田は仏頂面で言った。「全く！　やかましい奴らだ」

殿永と亜由美、そして足下にはドン・ファンがついて来ている。

「――話は分っとる」

と、真田は言った。「唐沢とかいう男が、俺に頼まれて女の子を襲おうとしたと言っとるんだろう」

「認めますか」

と、殿永が訊《き》いた。

「知らん！　そんな奴は会ったこともない」

「しかし――」

「あんたたちがでっち上げた事だ。しかし、俺は天下の〈M重工〉の社長だぞ。政界にも顔がきく。後悔しても知らんぞ」

真田はまくし立てるように言った。

「そうですか」

と、殿永は肯《うなず》いて、ポケットから取り出したレコーダーのボタンを押した。

「相手は女子大生だ。一人でやれるな」

という真田の声。

「何だ、それは！」

真田が唖然《あぜん》とした。

殿永は先へ早送りして、

「——塚川亜由美を殺せ」

という真田の声を聞かせた。

「ご指名、光栄です」

と、亜由美は言った。

「そんな……そんなことは言っとらん！」

と、真田は怒鳴った。

「残念ですが」

ゆかりが、いつの間にか入って来ていた。

「クッキーの器の底に、マイクを付けておいたのです」

「何だと……」

真田は呆然《ぼうぜん》として、「ゆかり……」

ゆかりの手にステッキがあった。——白刃が一閃《いっせん》すると、真田のデスクの上の花がフワリと落ちた。

「ゆかり……。お前が？　どうしてだ！」

「私の婚約者は、あなたの汚職に関する罪をかぶって逮捕され、ノイローゼになって自殺したのです」

「俺は知らん！」

「忘れているでしょう。でも私は忘れていません。あなたにとっては、社員の一人や二人、死んでもどうということはないでしょうが、私にはかけがえのない人でした」

と、ゆかりは言った。「高校の剣道部で一緒でした。私はこの仕込み杖《づえ》を自分で作って、敵《かたき》を討とうと思ったんです」

「——俺は何万人もの社員を抱えとるんだ。一人一人、憶《おぼ》えていられるか！」

と、真田は言った。「ともかく、断じて認めんぞ！　何と言われようと……」

真田の声が消えた。

社長室へ入って来たのは——河辺だったのだ。

「幽霊ではありません」

と、殿永が言った。「車が海に落ちる事故があって、ドライバーは脱出したのです。そこで、身許《みもと》の分らない死体を一つ借りて来て車の中へ納め、河辺さんの奥さんと打合せて確認していただいたのです」

「家内も生きております」

と、河辺は言った。「社長。愛社精神をいくら説かれても、人の道に外れたことは赦《ゆる》されません」

真田もさすがに反論する気力を失ったように、ぐったりと椅子にかけていた。

ゆかりが一旦《いったん》社長室を出ると、コーヒーを載せた盆を手に戻って来た。

「社長。——私の最後のコーヒーです」

真田はゆかりを見上げて、それからコーヒーを一口飲んで、

「旨《うま》い……」

と言った。「お前は……どうして憎い相手に、こんな旨いコーヒーをいれられるんだ」

「自分の仕事への誇りは個人の感情とは別です」

と、ゆかりは言った。「社長も、誇りの持てる仕事をなさるべきでした」

——他の刑事が真田を連行して行き、

「お騒がせしました」

と、ゆかりはステッキを殿永に差し出した。

「人を傷つけたのですから、罪は償います」

「そうですな」

殿永はステッキを受け取って、「これで切ったというより、相手の方が勝手にこのステッキにぶつかって来たとも考えられます」

「殿永さん……」

「差し当り、私に任せて下さい」

「はい」

ゆかりは頭を下げた。

社長室を出ると、笹田が立っていた。

「——笹田さん」

「治子とは、よく話し合いました」

と、笹田は言った。「あんまり話が終らないので、一週間休みを取って、家族で旅行に出ます。話の続きは、温泉に浸《つか》りながらしますよ」

「結構ですね」

と、亜由美は言った。「ぜひ大学で話して下さいね。人生、捨てたもんじゃない、ってことを」

「全くです」

と、笹田は笑った。

「ワン」

「ドン・ファンもそう言ってます」

と、亜由美は言った。「人生じゃなくて、犬生ですけど」

# 花嫁は墓地に住む

## 1　密　会

「よりによって、こんな所……」

と、女の子が文句を言った。

「そう言うなよ。仕方ないんだ」

男の方は女の子の肩を抱いて、「町へ出りゃ、誰に会うか分らないだろ」

「それにしたって……。気味悪いわ」

——夜中の十二時に間もなくなるところである。

二人は恋人同士——といっても、男はスーパーの経営者で四十八歳。女の子はそのスーパーでパートに来ている十九歳。

男の方には、かなり口やかましい女房がおり、当然、この二人の仲は「極秘」だった。

東京とはいえ、郊外の小さな町で、二人が安心して会えるような場所はない。

というわけで——二人が今やって来たのは、古い寺の墓地。

確かに、人目にはつかないかもしれないが、およそ「逢《あ》いびき」に向かないことも事実である……。

「我慢してくれよ。その代り、いい話があるんだ」

「いい話？　どうせタダの映画招待券でももらったってことでしょ」

「そうじゃない！　今度の週末に、この近くのスーパーの連中で温泉に行くんだ。しかし、女房は実家の法事で行かれない。――な、温泉で落ち合おう。どうせみんな酔っ払ってわけが分らなくなってる」

「温泉？　――へえ」

いくらか心が動いたようで、「でも、温泉までの電車賃は？　旅館だって、同じ部屋ってわけにいかないでしょ？」

と、至って現実的な発言だった。

「そりゃまあ……。それくらい、俺が何とかするさ」

「本当？　嬉《うれ》しい！」

と、男にキスして、「やっぱり私のこと、愛してくれてるのね！」

「当り前じゃないか……」

と、若々しい体を抱きしめながら言った。

――河本昭男《こうもとあきお》、四十八歳。須田朱美《すだあけみ》、十九歳。

およそつりあいの取れない取り合せだった。

正直なところ、河本は、須田朱美が、

「自分の電車賃と宿泊代ぐらいは持つわよ」

と言ってくれるのを期待していたのである。

スーパーの持主といっても、売り上げは妻の由起《ゆき》がしっかり管理していて、適当につまみ食いできるような状況ではない。

朱美を抱いてキスしながら、どうやって金をひねり出そうかと悩んでいたのだった。

「――待って」

と、朱美が河本を押し戻した。

「どうしたんだ？」

「何だか……音がしなかった？」

「音？　風だろ」

「そうじゃなくて……。砂利を踏む音だったみたい」

「まさか。こんな所に来る物好きがいるもんか」

自分で来ておいて、よく言うもんである。

「気のせいかしら……」

「そうさ。ほら、その辺にちょっと腰かけて……」

倒れた墓石に腰をおろそうというのだから、いささか不謹慎と言わざるを得ない。

「でも……落ちつかないわ」

「大丈夫だよ。ね、ちょっと胸を触らせてくれ」

と、せっかちに胸元へ手を入れて来る。

「もう……。昭男ちゃんったら、すぐそうやって……」

と言いかけて、「キャッ!」

と、立ち上ったから、河本は危うく引っくり返りそうになり、

「おい! いきなり立つなよ」

「見てよ!」

「え?」

墓地の奥の方は、すっかり雑草が伸びて、墓石が隠れるくらいなのだが、今、何か白いものが動いていた。そして、砂利を踏む足音もはっきり聞こえる。

「何だ?」

と、河本が首を伸して見ると、雑草を左右へザザッと分けて、現われたのは……。

こんな場所に、もっともあるはずのないもの。——ウェディングドレスの花嫁だった。

白いヴェールが顔を覆って、白手袋の両手でブーケを持っている。

「何だ、あれ……」

二人とも呆然《ぼうぜん》として、怖いと思うのすら忘れていた。

その花嫁は二人の方へとゆっくり進んで来る。——そして、足を止めると、ブーケを足

下に落とし、ヴェールを両手でパッとめくり上げた。

真青《まっさお》な顔に、両目はただの暗い穴。——死者の顔だった。

「キャーッ！」

朱美が悲鳴を上げて一気に駆け出す。

「おい、待て！　待ってくれ！　置いてかないでくれ！」

河本があわてて朱美の後を追った。

朱美の逃げ足は、正に百メートル走の日本記録でも作りそうな速さだった……。


「あれ？」

と、足を止めて、「朱美ちゃんじゃない」

——神田聡子《かんださとこ》は、大浴場でひと風呂《ふろ》浴びて浴衣《ゆかた》姿で部屋へ戻るところだった。

温泉旅館の廊下ですれ違おうとしていた浴衣の娘が振り向く。

「あ……。聡子さん？」

「やっぱり！　久しぶりね！」

と、聡子は言った。「三年ぶり——くらいかしら？　朱美ちゃん、高校生だったもんね、あのとき」

「そうだっけ。今はもうスーパーで働いてる」

「そう。十……八？」

「十九。聡子さん、大学生でしょ」

「うん。試験の後の休みなの。友だちと来てる。あ、来たわ。——亜由美《あゆみ》！」

「ああ、のぼせちゃった」

と、亜由美は赤い顔をして息をついた。

「朱美ちゃん、塚川《つかがわ》亜由美っていって、一応親友」

「何よ、『一応』って」

と、亜由美は苦笑した。

「この子、須田朱美っていって、親戚《しんせき》なの。この前は叔父《おじ》さんのお葬式で会ったんだね。三年前に」

「どうも」

朱美は会釈して、「私、今から大浴場に——」

「お家《うち》の人と一緒？」

訊《き》かれて、朱美はちょっと詰った。

「そうじゃないの。お友だちと……」

「そうか。じゃ、またね」

「ええ」

朱美はせかせかと行ってしまう。

「――大人っぽくなったなあ。働いてるせいかしら」

「聡子、もう少し相手のこと、考えなさいよ」

「どういうこと？」

「明らかに迷惑がってたよ。会って嬉しいって顔してなかったでしょ」

「そうかなあ……。私、ただ久しぶりで懐しかったから」

「向うは誰と来てるか、言いたくなかったみたいよ」

部屋へと歩き出しながら、亜由美は言った。

「そう？　つまり――」

「分らないけど、ただのお友だちとじゃなさそうね」

「恋人ってことか」

「まあ、たぶん……。もしかしたら、公にはできない恋人かも」

「まさか！　不倫ってこと？」

と、聡子が言った。

「ちょっと！　大きい声でそんなこと。――人が見てるでしょ」

「だって、びっくりして……。あの子供だった朱美ちゃんが……」

「もう子供じゃないよ。当然でしょ」

「まあね……」

聡子はすっかり考え込んで、「そうか……。私の方が遅れてるのかな……」

「何も不倫しろって言ってるわけじゃないよ」

と、亜由美は苦笑した。

「不倫もまた恋よ」

「うん、それは──」

と言いかけて、「お母さん!」

口を挟んで来たのは、何と母の清美《きよみ》だった。

「何をびっくりしてるの?」

「びっくりするわよ! どうしてこの旅館に?」

「娘と同じ宿に泊っちゃいけないの?」

「そうじゃないけど。──お母さん、誰と一緒なの? まさか……」

母が不倫? 亜由美は一瞬不安になったが、そこへ、

「おお、娘たちもこの保養地へやって来ておったのか!」

聞き慣れた、芝居じみたセリフに、亜由美はホッとした。

「お父さんも一緒なの。どうして黙ってたのよ!」

「お前が道ならぬ恋に身を焼いているのかもしれぬと思ってな」

と、父、塚川貞夫《さだお》は言った。

れっきとしたエンジニアなのだが、家での趣味は少女アニメを見て泣くこと。普段の言葉もつい芝居がかってしまうのである。

「よしてよ。聡子と私が『道ならぬ恋』だって言うの？」

「その点は心配なさそうだな」

「当り前でしょ」

——塚川亜由美は、大学の谷山《たにやま》准教授と恋人同士。もっとも、このところすれ違いが多くて少々雲行きが怪しくなっていた。

「たまたま、お父さん、休みが取れたのよ」

と、清美が言った。「あんたの置いてったメモにこの旅館の名前と電話番号が書いてあったんで、面倒だからここにしたの」

「いい加減なんだから！」

と、亜由美は苦笑した。

「ところで、どうして不倫の話をしてたの？」

と、清美が訊いた。

## 2　スリル満点

まずかった……。

須田朱美は〈大浴場〉という矢印に沿って歩きながら、ちょっと首を振った。

まさか、こんな所で親戚の神田聡子にバッタリ出くわすなんて！

「ツイてないな……」

もちろん、神田聡子は河本のことなど知らないし、大きな旅館だ。出会うことはないだろうが、それでもどこでどう話が伝わるか分らない。

「――ま、いいや」

〈女湯〉へ入ると、脱衣所で空のカゴを手に取る。

今は夕食前で、本当なら混んでいる時間だろうが、たまたまなのか、並んでいるカゴを見ると、入っているのは一人だけ。

河本たちはどこかこの近くの紅葉を見物して、そろそろこの旅館に着くころである。

まあ、万が一河本と二人になれずに終っても、この旅館代と電車賃、河本に出させているから、朱美としては損はない。

そう割り切ると、のんびり温泉を楽しもうという気になる。

裸になってタオルを手に、浴場への扉をガラッと開けて入る。

体を洗っている白い背中が見えた。

きれいな背中だ、と朱美は思った。つややかな白い肌。

たぶんずっと年上の女性だろうが、首筋のスッキリした美しさはずいぶん若々しい。

朱美はお湯をザッとかぶって、広い湯舟にそっと身を沈めた。

「ああ……。気持いい」

ゆっくり手足を伸すと、体が浮き上りそうになる。——何だか、この後、酒くさい河本と寝るのかと思うといやになった。

体を洗っていた女性が、上り湯で体の石ケンを流し、立ち上って湯舟の方へやって来た。

湯気でうっすらかすんではいるが……。

「——先生？」

と、朱美は言った。「正倉《まさくら》先生じゃ？」

湯へ入りかけていた女性は顔を上げ、

「まあ。——須田さん？　須田朱美ちゃん！」

「はい。やっぱり先生……」

と言いかけて、「ごめんなさい」

思い出して、あわてて言った。

「いいのよ」

と、先生は笑って、「偶然ね。こんな所で」

お湯に浸《つか》ると、

「朱美ちゃん、一人？」

「ええ。ちょっとのんびりしたくて」

「そう。私もよ」

正倉昭代《あきよ》は、朱美の高校一年生のときの担任だった。色白で美人で、とてもやさしく、女生徒には圧倒的に人気があった……。

たぶん今四十歳くらいだろうが、顔も輝くつやがある。

「先生は……」

「私も一人よ。ゴタゴタも片付いたんで、温泉に浸って命の洗濯」

と、正倉昭代は言った。「今、どうしてるの？」

「スーパーでパートしてます」

「そう。お母様はお元気？」

「相変らずです。先生、学校辞めたんですよね」

「うん。——頑張ってたけど、何だか虚《むな》しくなってね。誰も見てちゃくれない」

「じゃ、今は……」

「目下失業中。しばらくは何とか食べていけるわ。アパートも小さい所に越したの」

「私が一度遊びに行った所から、引越したんですか？」

「ええ。一部屋しかないけど、一人住いには充分よ」

そう言ってから、少し間があって、「あなたも変わらないわね」

「でも、先生だって」

「まあね」

二人は何となく笑った。


「唯《ゆい》ちゃん」

と、女将《おかみ》は声をかけて、「あと十分でバスが着くって、今電話があったわ。よろしくね」

そのまま行きかけて——。返事がないことに気付き、振り返る。

「——唯ちゃん？」

廊下で、ちょっと柱にもたれるようにしていた和服姿の仲居がハッとして、

「はい！　女将さん」

「バスがあと十分で着くって。——唯ちゃん、大丈夫？」

「ええ。すみません、ちょっとめまいがして……」

「具合悪いの？」

「いえ、大丈夫です」

「頑張ってよ。この週末、忙しいんだから」

「分ってます。ちゃんとやりますから」

「お願いよ。週明けても、当分お客、減らないわよ。何しろうちは〈紅葉《もみじ》旅館〉。その一番の売りの紅葉の時期ですものね」

「はい、大丈夫です」

と、唯は肯《うなず》いた。「あと、さっきお電話があって、男の方お一人で。たまたまキャンセルがあったので、そこへお入れしました。林田《はやしだ》様とおっしゃる方です」

「分ったわ。じゃ、よろしくね」

〈紅葉旅館〉の女将、中尾《なかお》サキは足早にフロントへと入って行った。

中尾サキは和服のよく似合う四十八歳。今「女盛り」のしっとりした美しさを感じさせる。

中尾サキは、この旅館のオーナーでもある。ベテランの従業員が次々に辞めて行き、一時はどうしようかと頭を抱えたが、そんなとき、仲居として入って来たのが久保田《くぼた》唯である。

まだ二十四歳という若さだが、よく働き、客の評判になった。実際、小柄で可愛いのでせいぜい二十歳にしか見えない唯の、どこにこんな元気が、と思うほどだった。

中尾サキは、今ではすっかりこの若い仲居頭を頼りにしていたのである。

――しっかりしなきゃ。

久保田唯はちょっと頭を振って、背筋を伸した。

〈紅葉旅館〉はこれからが稼ぎ時だ。

「バスが着くんだ」

そう呟《つぶや》いて、玄関へ向う。

「もうすぐバスが着くわよ。お迎えの仕度」

と、声をかける。

「はい」

番頭がすぐに返事をする。――唯は少し安堵《あんど》した。

番頭の松井《まつい》はもう五十近いベテランで、女将の中尾サキをずっと支えて来た。唯のような若い女が仲居頭になって、面白くないだろうと思うが、心の中ではともかく、仕事の上では全くそんなところは見せずに接してくれている。

「松井さん」

と、唯は一人旅の客のことを伝えて、「よろしく」

「承知しました。バスの方たちと重ならないといいですね」

「バスはじきに着くそうだから大丈夫でしょ。林田さんって方は駅から電話して来られたから」

と言っているところへ、バスのライトが玄関口を照らした。「おいでだわ。女将さんを」

「はい」

松井がフロントの奥へと入って行く。

唯は、今手の空いている他の仲居と一列に並んで玄関で出迎えた。

「やあ！　また邪魔するよ！」

もうバスの中で大分飲んだらしい赤い顔の客たちが玄関へ入って来る。

「いらっしゃいませ！」

声を揃えての挨拶《あいさつ》。――唯が仲居頭になってから工夫して仕込んだのだ。

「どうぞ、おはきものを……」

「や、どうも久しぶり！」

と、ポンと肩を叩《たた》かれたりする。

「田中《たなか》様、お久しぶりでございます」

と、唯はちゃんと名前を出して挨拶する。

一度でも来た客は、自分のことを憶《おぼ》えていてくれたら嬉《うれ》しいものだ。

女将のサキがやっと出て来て、唯はホッとした。本当なら女将も並んで迎えるべきなのだが……。

「河本様、いつもありがとうございます」

スーパーのオーナーとかいう男だ。

「ああ、どうも。――よろしくね」

何だか、河本はずいぶん落ちつかない様子で、ロビーをキョロキョロ見回している。

「では、皆様、お部屋へご案内申し上げます」

と、サキが言った。

そのとき、大浴場から上って来たらしい浴衣姿の女性が二人、ロビーへ通りかかった。

唯は憶えていた。二人連れでなく、一人ずつの泊りである。一人は四十前後、もう一人はずいぶん若く、宿泊カードは〈二十歳〉になっていたが……。

若い方の女性が足を止めた。唯は、その女性と、あの河本が目を合せているのに気付いた。河本はホッとした様子だ。

いやに落ちつかなかったのは、このせいだったのか。――唯は納得した。

河本は、あの若い女性とここで落ち合うことになっていたのだ。それで、ロビーにいないかと探していたのだろう。

浮気？　――唯は、当人は気付いていないが、はた目にはひと目で分る「秘密」に、苦笑を抑えられなかった……。

でも——唯の表情が曇った。

あのやっと二十歳になるかどうかという娘が、四十男に抱かれているのを想像すると、胸が苦しくなるのだ。

考えたくない！　——忘れよう。忘れようとしているのに。

でも、忘れられるはずはなかった。

あの記憶。恐ろしかった出来事を、忘れられるはずは……。


その夜、東京で久々に高校時代の友人たちと会って騒いだ後、唯はずいぶん遅くホテルに帰ろうとしていた。

七月。——お盆休みで旅館が忙しくなる前に、女将のサキに頼んで四日間の休みを取った。

久しぶりの東京。唯は、〈紅葉旅館〉で仲居として頑張って、仲居頭にまでなったのだ。ちょっと一息入れてもいいだろう。

サキも、内心はどう思っていたか分らないものの、表面的には、

「じゃあ、少しゆっくりしてらっしゃい」

と、休みを取らせてくれた。

唯は東京にいる親戚《しんせき》を訪ねて、後は友だちと過した。そしてその夜は、もう明日は旅館

へ帰らなくてはならないという、最後の晩だったのである。

「夜ふかしも楽しい」

と、唯は夜道を歩きながら呟いた。

明日帰れば、いつも通りの忙しい日々が待っている。唯はホテルへの道を急いだ。

都心の一流ホテルに泊れる身分ではない。電車で三十分ほどの駅から歩いて二十分。ビジネスホテルといっても、不便な所にあり、その分、安く泊れる。

夜道は、全く通る人もなく、寂しかった。それでも住宅地ではあり、不安はなかったが……。

ああ、やっと……。ホテルのネオンが見えて、唯はホッとした。

少し足を速めたときだった。

「よせ！　助けてくれ！」

という男の声がした。

何だろう？　道が少し広くなって、細長い公園ができている。公園といっても、ブランコと砂場があるくらいのものだが。

街灯が、数本の木立を照らしている。

足を止めて、唯は目を疑った。

街灯の前に二人の男がいた。一人はこっちを向いて、地面に膝《ひざ》をついている。白いスーツとネクタイというスタイルだ。

「頼む。金ならいくらでも出す！」

上ずった声で訴えているのは、その男だった。そしてもう一人は——。

拳銃《けんじゅう》を手にして、銃口を膝をついた男の方へと向けていたのだ。

これって……本当のこと？

唯は、こんなとんでもないことが、現実に目の前で起っているとは、とても信じられなかった。

「お願いだ。殺さないでくれ……」

白いスーツの男は泣き出しそうだった。

「情ない奴だな」

と、拳銃を持った男が言った。「それでもヤクザの端くれか。みっともねえ！」

「何でも言う通りにする。だから助けてくれ……」

と、訴えるが、相手は、

「聞かなかったことにしてやる」

と言うなり、引金を引いた。

銃声が響いて、白いスーツの男はバタッと倒れた。——まさか！

唯は、立ったまま動けなかった。逃げなくちゃ。——そう思っても、体が動かない。

撃った男は、しゃがみ込んで白いスーツの男の首筋に手を当てると、すぐ立って拳銃を上着の下へしまった。

そして公園を出ようとして――当然のことながら、唯と向き合っていたのである。

街灯の明りで、その男の顔が見えた。三十代だろう、細面の男である。

「――見てたんだな」

と、男は言った。「運が悪かった」

唯は男の手が上着の下に入るのを見て、震え上った。

「何も――何も言いません！　誰にも言いませんから、お願い、殺さないで」

精一杯の力で、それだけ言った。

「こいつのことは気にしなくていい」

と、男は倒れている白いスーツの男の方へチラッと目をやって、「麻薬を売って稼いでた、とんでもない奴だ。殺されて当然さ」

「はあ……」

「お前は何だ」

「何だ、というと……。お休みを取って東京へ……」

「そうか。――本当に何も見なかったことにするか」

「はい！　見ませんでした、私」

「しかしな……。俺の顔を見た」

「忘れます！　人の顔を憶《おぼ》えるの、苦手なんです」

「どうかな……。警察に写真を見せられたら、平気で俺を売るんじゃねえか？」

「いえ、絶対に……。明日、仕事に戻るんで東京を出ます」

男は、何を考えているか分らない目つきで唯を見ていたが、

「いくつだ？」

「え？」

「年齢《とし》だ。いくつなんだ？」

「二十……四です」

「若いな。――いいだろう。忘れてやる。お前も忘れろ」

「はい！　ありがとう」

「礼を言われるのも妙だな」

と、男は笑った。

そして、男は歩き出したが――。

ふと振り向くと、

「なかなか可愛いぜ」

と言った。

「どうも……」

「せっかくだ。少しゆっくりしよう」

男が唯の手をいきなりつかんだ。

「あの――」

「黙ってろ」

「でも――私――」

「殺されたいか」

「いいえ」

公園のベンチへ連れて行かれる。男は唯をベンチの上に押し倒すと、

「おとなしくしてろ」

と、当り前の口調で言った。

唯は何が起っているのか、分らなかった。殺されるかどうか。そのことしか考えなかったので、ジーンズを脱がされるときも、ただポカンとしているばかりだった……。

「ありがとうございました」

と、声をかけられ、唯は、

「いいえ」

と、反射的に応《こた》えていた。

「おかげさまで、ドン・ファンも寛《くつろ》いでます」

ああ、そうだ、塚川亜由美さんというのだった。ダックスフントを連れて来て、唯は部屋の外の露天風呂《ろてんぶろ》のそばに、犬の寝床をこしらえたのである。

「良かったですね」

と、唯は笑顔で、「塚川さんとおっしゃるご夫婦がいらしてましたけど……」

「両親です」

と、亜由美は言った。「ちょっと変ってるので、よろしく」

「いいえ。お父様から、『姫君!』と呼ばれて嬉《うれ》しかったですわ」

「本当にもう……」

と、亜由美は苦笑した。

「お食事、ご両親とご一緒されます?　食堂で用意させますが」

「そうですか?　じゃあお願いします」

「かしこまりました」

と、唯は言った。

玄関の所で、松井が、

「林田様でございますね。承っております」

と言っているのが耳に入った。

唯は玄関の上り口へ目を向けた。

電話で予約して来た客だ。──挨拶《あいさつ》に出ようとして、唯の足が止る。

血の気がひいて行った。

玄関で靴を脱いで上って来ようとしている男。──それは間違いなく、あのとき公園でヤクザを射殺した男だった。

## 3 予感

「どうかしたんですか？」

と、亜由美は訊《き》いたが、仲居頭はすぐには返事もしなかった。

しばらくして、

「――え？」

と、亜由美を見て、「何か……」

「いえ。――真青になってるんで」

「あ……。失礼しました。ちょっと軽い貧血です」

番頭が、

「唯さん、林田様です」

と呼ぶ。

「はい。――いらっしゃいませ」

唯は林田を迎えて、「本日はご利用ありがとうございます」

「お世話になります。突然だったのに、部屋が取れて良かった」

「はい、とても静かなお部屋でございます。お荷物を」

「いや、大丈夫。自分で持つから」

と、林田は言った。

「では、ご案内いたします。どうぞ」

唯が先に立って行く。「ご夕食は何時ごろがよろしいですか」

──亜由美がそれを見送っていると、

「何ぼんやりしてんの？」

と、聡子がやって来た。

「ああ。いえ、ちょっとね」

亜由美は今の様子を説明して、「──凄《すご》かったよ。一瞬で真青になってた、あの唯さんって人」

「貧血って言ったんでしょ」

「貧血なら、ふらついたりするでしょ。あれはショックのせいよ」

「その客を見て？」

「確かよ。林田っていったかな、今の客。唯さんって人、林田を知ってたのよ」

「そういうこともあるでしょ。旅館なんて、色んな人が来るんだから」

「そりゃそうだけど……」

あれはただの「昔の知り合い」っていうのではなかった。

「かつての恋人？」

と、聡子が言うと、

「でも、それにしちゃ男の方は全然気付いてなかった。それって変でしょ」

「よしなよ、また変なことに首突っ込んで。物騒なことはごめんよ」

「大丈夫でしょ。林田って、なかなかすてきな人だったよ」

聡子がガラッと態度を変えて、

「何で、それをもっと早く言わないのよ！」

と、亜由美をにらんだ。

「どうだっていいでしょ」

と、亜由美は言い返して、「ただ、私は……何だか、何か起りそうな気がして……」

と、呟《つぶや》くように言った。


「あら」

河本由起は車内のアナウンスを聞いて、

「次で降りるんだわ」

と言った。

そして隣の席の女性へ、

「私、次で降りるんですの。――楽しかったですわ」

と、笑顔で言った。

「まあ、そうですか」

と、隣の女性は目を見開いて、「私もそうなんです」

「まあ、偶然ね」

――列車はスピードを落とした。

「忘れ物のないよう、ご仕度下さい」

というアナウンス。

二人は棚からバッグを下ろした。

「あちらでご主人がお待ちなんでしょう？　いいですね、ご夫婦で温泉なんて」

「いえ、別に……」

と、由起は曖昧《あいまい》に笑った。

確かに、夫の河本昭男は、近くのスーパーの経営者たちと温泉に行っている。しかし妻の由起が来ることは知らないのである。

由起は自分の方の親戚《しんせき》の法事に出ていたのだが、

「何も全部に出なくたっていい」

という兄の言葉で、早々に失礼して来ることにしたのだった。

しかも、兄が車でこの列車の途中駅へ送ってくれると言うので、

「じゃ、どうせ主人は一人で部屋を取ってるから」

せっかくだ。紅葉を見物して、少しのんびりしてもいい、と思った。

そして、列車でたまたま隣席の、ほぼ同じくらいの年代の女性と話が合った、と言うのか、楽しく過している内、列車は着こうとしていた。

「――あなたはお一人？」

と、由起は訊いた。

「いえ、旅館で娘が待っててくれるので」

「あら、娘さん。いいわね！　お母さん孝行ですね？」

「まあ……そんなところです」

「羨《うらやま》しい！　うちなんか、息子は東京で遊んでますわ」

と、由起は言った。「大学生ですけど、何を勉強してることやら」

列車がホームに入る。

二人はバッグを手に、列車を降りた。

「確か旅館のバスが迎えに……」

「そうですね、きっと駅前に……」

二人は改札口を出た。

列車の到着に合せて、旅館のマイクロバスが何台も停《とま》っている。

「ええと……。あ、あれだわ」

と、由起は〈紅葉旅館〉と車体に書かれたマイクロバスを見付けて、「じゃあ、ここで……」

「あの――〈紅葉旅館〉にお泊りなんですの？」

「ええ……。まさか――」

「私も〈紅葉旅館〉なんです」

「まあ」

二人は何となく笑い出してしまい、

「じゃあ、ご一緒に」

「はい」

二人が乗り込むと、他に客はいないようでマイクロバスは走り出した。

「私、河本と申します。河本由起」

「はあ。私は須田敬子《けいこ》です」

「よろしく」

「こちらこそ」

二人は暮れかけた外へ目をやって、

「紅葉が楽しみですわ」

「ええ、本当に」

と、話していたが……。

もちろん、由起の夫と、須田敬子の娘がどんな仲か、二人とも知らないのである……。


「この部屋を取るのには苦労したんだぞ」

と、河本昭男は言った。

「いいわね、ちょっと離れてて、静かだし」

と、須田朱美が言った。「大浴場がちょっと遠いけど」

「まあ、何か我慢しなきゃ」

河本は朱美を抱いてキスした。

「まだだめよ。――お仲間がいらっしゃるでしょ」

「ああ。早いとこ宴会をお開きにして、ここへ来るよ」

「待ってるわ」

そのとき、河本のケータイが鳴り出した。

「集合時間にはまだ早いぞ」

と、ブツブツ言いながら出ると、「もしもし。──由起？　お前──法事だったんだろ？」

そこへ、朱美のケータイも鳴って、

「いやだ、お母さんから。──もしもし」

と、河本から離れて出る。

「何だって？」

河本が啞然《あぜん》として、「こっちへ向ってる？　──いきなり、そんな……」

河本は、しかし「だめだ」とも言えず、

「分った。──いや、もちろん構わんよ。──これから宴会なんだ」

「お母さん、この旅館に？」

と、朱美が仰天している。「どういうことよ！　しかもいきなり」

朱美も今さら「来るな」とも言えず、

「じゃ、もうすぐ着くのね？　分ったわ」

河本と朱美は、顔を見合せた。

「今、女房が……」

「今、お母さんが……」

河本は座り込んで、

「畜生！　せっかく金を使ってセッティングしたのに！」

と喚《わめ》いた。

「待ってよ。それどころじゃないわ」

と、朱美が言った。「二人、同じマイクロバスで来るのよ。——あなたはいいわ。でも、そこにどうして私がいるわけ？」

河本も初めて気付いた。

もちろん、由起は朱美のことを知っている。何しろスーパーのパートとして、働いているのだから。

「あなたと私が一緒にいたら、すぐ奥さん、ピンと来るわよ」

「そうか……。どうしよう？」

「もうバスが着く。——いいわ！　じゃ、あくまで偶然ってことで」

「通用するか？」

朱美は部屋の電話へ飛びつくと、

「——もしもし、神田聡子さんの部屋へつないで下さい！」

と、怒鳴るように言った。

「いらっしゃいませ」

マイクロバスから降りて来た二人の女性客を迎える番頭松井の表情には、やや戸惑いの色があった。

「恐れ入ります、お客様。ご予約のお名前は……」

「いいの、いいの。迎えに出て来てくれるはずだわ。——あら、あなた！」

河本がやって来ると、

「おい、びっくりさせるなよ。いきなりやって来て」

「だって、急に思い立ったんだもの」

「うちの女房なんだ」

と、河本は松井に言った。「悪いが、部屋、二人にしてくれ」

「かしこまりました。お食事も追加ということで」

「うん、もちろんだ」

と、河本は言った。

そこへ、

「お母さん！　びっくりしたわ」

と、朱美がやって来る。

「——あら、あなた」

と、由起が朱美を見て、目を丸くした。

「奥さん！　何だ、社長さんもここだったんですか」

朱美は振り返って、「聡子さん。――私の親戚《しんせき》で神田聡子さんです。一緒に、って誘われて」

「どうも」

と、聡子が言った。

「ああ、神田さんとこの――。お久しぶり」

と、須田敬子が言った。「朱美、それじゃこちらがスーパーの……」

「そうよ。母です。社長と奥さん」

「まあ、いつも朱美がお世話になりまして」

「いいえ。――まあ、でも偶然って面白いわね」

と、由起が言った。

「全くだな」

河本はホッとした表情になって、「何なら一緒に風呂《ふろ》に入って来るといい」

そこへ、

「にぎやかになって結構ですね」

と、仲居頭の久保田唯が言った。

「朱美。じゃ、お母さん、どうしたらいい？」

と、須田敬子が言った。

「あの――お願いして、二人で一部屋取ってもらったの」

朱美が唯を見る。唯は微笑んで、

「はい。もうお荷物も移しておきました」

と、話を合せた。

「まあ、良かった。じゃ、安心して眠れるわね」

「ともかく一旦《いったん》皆様お部屋へ」

唯と松井が、それぞれ「珍客」を案内して行く。河本は一緒について行き、朱美は、

「すぐ行くから」

と、母へ声をかけた。

ロビーが静かになる。――朱美がソファにぐったりと座って、

「ああ、参った！」

と、息を吐いた。

「朱美ちゃん……」

「聡子さん、ごめん！　他に手がなくて」

と、両手を合せる。

「いいけど……。本当はどうなの？」

「あの『社長さん』と待ち合せてたのね」

と言ったのは、話を聞いていた亜由美。

「ええ。——まさか、こんなことになるなんて!」

「朱美ちゃん、それじゃ……」

「ええ。あんな冴《さ》えない親父でも、田舎町じゃ他にいないんだもの、男なんて」

「だけど、まだ十九でしょ?」

「二十歳になったら、もう人生おしまい、って感じなの。聡子さんたちは東京にいるから分んないでしょ」

朱美は立ち上って、「ともかくありがとう。もし奥さんにばれてたら、即クビだわ」

「用心してよ」

「うん。でも——どうしてお母さんが急にやって来たのか、さっぱり分んない」

と、朱美は首を振った……。

朱美も行ってしまうと、

「やっぱり」

と、亜由美が言った。「何か起りそうでしょ」

「スリル満点だね」

と、聡子が肯《うなず》く。

「面白いじゃないの」

と、いきなり母の清美が出て来て、言った。

「お母さん！　いつからそこで立ち聞きしてたの？」

「人聞きの悪いこと言わないで。お風呂《ふろ》上《あが》りで涼んでただけよ」

「どうだか」

「人生はスリルの連続よ。今夜辺り、殺人の一つや二つ、起きてもおかしくないわね」

「やめてよ！　この上、殿永《とのなが》さんまで加わったりしたら大変」

殿永部長刑事は、清美と妙に仲がいい。「メル友」でもある。

「あら、よく分るわね」

「え？」

「殿永さんもお呼びしたの。少し遅くなるけど、喜んで伺います、って」

亜由美は絶望的な気分になった。

## 4　お先真暗《まつくら》

「今、何て言ったの？」

と、朱美は訊《き》き返した。

「——何が？」

と、母、敬子は目をパチクリさせている。

「だから、今……」

と、朱美は言いかけて、「たぶん……聞き違いね」

「このお菓子、おいしいわね」

と、敬子は、用意されていたお菓子をつまんで、「売店で売ってるかしら？　買って帰るわ」

「お母さん」

と、朱美はため息をついて、「真面目に聞いてる？」

「もちろんよ。——あんた、食べた？」

「食べたよ。ね、家《うち》がどうしたって？」

「だから——もうないの。家に帰りたくても家がない」

朱美はポカンとして、

「ない？——火事にでもあった？」

「それなら、『焼けた』って言うわよ」

「じゃあ……」

「借金の抵当に入ってたのよ。まだもう少し余裕があると思ってたんだけど……」

「取り上げられちゃったの？」

「ま、早く言えばそういうことね」

「だけど……。どうするのよ！」

「あんたのアパートに、お母さん一人くらい寝られるでしょ」

「だって——あそこ、単身者用よ」

朱美は、K町に小さなアパートを借りている。家は隣町にあって、一日数本のバスでしか通えないので、アパートを借りたのである。

パートの給料だけではとてもやっていけないので、母、敬子から毎月何万円かずつもらっていた。

「『母が泊りに来てます』って言えば大丈夫よ」

「そんな……」

朱美は、怒るのも忘れていた。

「でも、この旅館代は？　このお部屋、高いでしょ」

と、敬子に訊かれて、まさか「社長が払ってくれる」とは言えず、

「聡子さんが――。いえ、お友だちの塚川さんって人が払ってくれてる」

「まあ、それじゃ申し訳ないわね」

「いいのよ。その――塚川さんって、凄《すご》いお金持なんだって」

亜由美の父、塚川貞夫がこれを聞いたらびっくりしただろう……。

「だけど、お母さん、これからどうするの？」

と、朱美は訊いた。

「だって、仕事はしてるもの」

「そりゃそうだけど、住む所が――」

「ゆっくり探すわ。その間ぐらいはあんたのアパートにいてもいいでしょ」

敬子は呑気《のんき》に言った。

須田敬子は四十五歳。バーのホステスだが、見たところ若々しく、ごく普通の主婦に見える。

生まれつきのおっとりした性格のせいか、客には人気があり、店でも大事にされているようだ。

「そうよ。家を取り上げられちゃ、二、三日休んでもいいでしょ。だから、ここに来てみることにしたのよ」

朱美と敬子は、母娘の二人家族。父親は、以前、敬子のいた店の客だそうだが、もちろん妻子持ちで、初めから結婚する気もなかった。

だから、朱美としては、「留守中に母一人じゃ頼りない」という思いもあって、旅行に出るときは、何か急な連絡のために、旅館の名をメールしておくのだ。

「夕ご飯の前にひと風呂《ふろ》入って来るわ」

と、敬子は言って立ち上った。

「ごゆっくり」

「あんた、神田さんたちと食べなくていいの？」

「え？　ああ……そうね。どっちでも……」

「いいわよ。お母さんは一人で食べるの、慣れてるから」

敬子は浴衣《ゆかた》に着替えると、タオルを手に、

「じゃ、ひと風呂浴びるか」

と、芝居がかった口調で言って見せて、

「なんてね！」

「休んで来たの？」

と、笑って出て行った。

「——何が、『なんてね！』よ！」

と、朱美は頭を抱えたのだが……。

「一緒だったら、ひと言しゃべる度にハラハラしてなきゃいけない。これでいいの」

聡子は別に皮肉でも何でもなく訊いたのだったが、

「朱美ちゃん、お母さんと一緒でなくていいの？」

と、朱美は、いささかやけ気味の口調で言った。

「でも、大変ね、お家がなくなっちゃったなんて」

と、亜由美が言った。

「ああいう人なんです」

と、朱美は言った。「塚川さん、お願いが……」

部屋代を払ってくれたことになっている、と打ち明けた。

「いいけど……。うちが大金持？　くすぐったいね」

と、亜由美が笑うと、足下で、

「クゥーン……」

ドン・ファンがテーブルの下で、しっかり夕食を取っているのである。

「いや、金はなくても、心は百万長者だ」

と、父、塚川貞夫が言った。

亜由美たちは人数も多くなったので、部屋で食べるのでなく、ダイニングのテーブルで食事していた。そこに「飛び入り」の朱美が加わっていたのである。

「その社長さんもビクビクものね」

と、清美が言った。「そんなに手間とお金をかけても、若い娘《こ》がいいのかしら」

当の「若い娘」を前にして、平気で言ってしまうのが清美らしいところ。

そこへ、

「どうぞ、こちらへ」

ダイニングの方が、椅子だし、食事しやすいという客も多いのか、仲居頭の久保田唯が案内して来たのは——。

「お母さん……」

朱美の母、敬子と、何と河本の妻、由起の二人だったのである。

確かに、河本はスーパーの経営者たちの宴会に出ているので、由起も一人ではつまらないと思ったのだろう。

「あら」

と、敬子が朱美たちに気付いて、「娘がお邪魔して」

「いいえ……」

「たまたま大浴場で、こちらの奥様とご一緒させていただいて、どうせ夕食一人ならってことになったの」

「そう……。良かったね」

朱美としては言いようがない。

亜由美たちとは少し離れたテーブルに、由起と敬子がついた。

案内した久保田唯は、亜由美たちのテーブルにも寄って、

「お楽しみいただいておりますでしょうか」

と、にこやかに声をかけた。

「ええ、とっても」

と、清美が言った。

そこへ、

「どこか一人で座れるかね」

と、フラリと入って来たのは、男一人の客——林田だった！

「あ……。どうぞ、こちらへ」

林田を案内して行く唯を見て、

「若いけど、よくできた仲居さんね」

と、清美が言った。

「二十四歳だけど、仲居頭ですって」

と、亜由美が言った。

もちろん、今は青ざめていないが、一体林田と何があったのか……。

「――そうだ」

と、朱美が言った。「亜由美さんって、いつもそのドン・ファンと二人で、色んな事件を解決して来たんですってね」

「聡子がしゃべったのね？」

「まあ、多分に『迷う』方の『迷探偵』だけどね」

と、聡子が澄まして言った。

「私もね、一つ、とんでもないことが……」

と、朱美は言った。「聞いてくれる？」

「話してごらん」

と、貞夫が言った。「乙女のために命を投げ出すのは、騎士の本望」

「父のことは気にしないで」

と、亜由美が言った。「何があったの？」

「見たんです。幽霊を」

と、朱美は言った。「それも、ウェディングドレスを着た幽霊でした」

――朱美が、墓地で河本と会っているとき、花嫁姿の幽霊を見て、仰天して逃げてしまった話をした。

「――墓地でデート？　珍しいわね」

と、聡子が言った。

「場所がないの。本当に。こっそり人と会うなんてこと、できないの」

「でもどうしてその幽霊が墓地に？　誰かそこに葬られてる花嫁さんがいたの？」

「さあ……。聞いたことない」

と、朱美は首をかしげて、「よっぽど昔のことで、みんな憶《おぼ》えてないから、かもしれないけど」

「でも、幻じゃなかったのね」

「ええ！　もちろん。――社長さんだって、見たんですから」

「でも、そうは言えない、ってわけね」

「もちろんです」

「その墓地に行ってみないとね」

と、亜由美は言った。

すると、そこへ、

「皆さん、楽しそうですな」

と、殿永部長刑事の巨体が現われたのである。

「まあ、殿永さん。早かったわね」

と、清美が言った。

「いや、行くとなったら、じっとしていられませんでね」

と、殿永は微笑んで、「ご一緒しても？」

「もちろんです！」

――かくて、殿永まで加わって、

「これじゃ、事件が起きそうね」

と、聡子が言って、

「やめてよ」

と、亜由美は顔をしかめた。

「幽霊は逮捕できないしね」

「幽霊とは？」

殿永がふしぎそうに、「あ、ビールをくれ。――何かそんなお話が？」

「朱美ちゃん、しゃべっていいわね？　この人はとても優秀な刑事さんなの」

「ええ、どうぞ」

聡子が、朱美の今回の状況について説明。亜由美が、例の幽霊話を話した。

殿永はじっと聞いていたが、

「――ではビールを一口いただきます」

と、グラス半分ほど一気に飲んでから、「私は平凡な刑事です。ごく普通の誰かが、そういう格好をして見せたのだと考えますね」

「そうね」

と、亜由美は肯《うなず》いて、「私も同感。でも何のために?」

「さあ、そこが問題ですね」

と、殿永は言った。「それに、お二人がその時、墓地にやって来ることを、その誰かは知っていたのか? 前もって決めてあったんですか?」

「いいえ。あんな所へ連れてかれるって分ってたら、ついて行きませんでした」

と、朱美は即座に言った。

「そうでしょうね。――すると、その『幽霊』に扮《ふん》した誰かは、ともかく墓地から人を追い払いたかったのかもしれませんね」

「そうだわ、きっと。さすがは殿永さん!」

「持ち上げないで下さい」

と、殿永が微笑んだ。「だからといって、何一つ分ったわけじゃありませんしね」

——食事にかかった殿永は、しばし会話に加わらず、自然、その幽霊話から話題はそれて行った……。

——食後のコーヒーを飲んでいると、亜由美たちのすぐ近くのテーブルから一人で食事していた女性が立ち上って、

「朱美ちゃん」

「あ、先生！　そこにいたんですか。気が付かなかった」

朱美は、その「先生」を紹介した。「高校で担任だった正倉昭代先生です」

「元です。今はのんびりしていて」

と、正倉昭代は言った。

「先生、母も来ています。あっちのテーブルに、今……」

「まあ、そう。でもお邪魔しちゃいけないわね。また明日にでも」

「伝えます」

「いいの。——それじゃ、ひと風呂《ふろ》、浴びて来ます」

正倉昭代は会釈してダイニングから出て行った。

「いい先生だったの」

と、朱美は言った。「でも……」

「——何かあったの？」

朱美は首を振って、

「ここじゃ話したくない」

と言った。「私もまたお風呂に入って来ようかな」

## 5　思惑

大浴場はずいぶん空《す》いていた。

正倉昭代は、ゆったりと手足を伸して、お湯に浸《つか》った。

普通に夕食をとるだけだと、そう時間がかからない。団体客は宴会をやっているから長いのだ。宴会の終るくらいの時間になれば、また大浴場にはドッと客がやってくる。

最近は団体客で宴会といっても男ばかりではなく、女だけの団体も珍しくないのだ。

「いつまでも、こんなこと、しちゃいられないわね……」

と、正倉昭代は呟《つぶや》いた。

今は、退職金があるからこうしてのんびり旅行できるが、お金なんて、使いだしたらアッという間になくなる。

これからどうなるか……。頭の痛いことだった。

正倉昭代は県立高校のベテラン教師だった。四十歳になった去年、早くも学年主任。事実上の副校長並みのポストにいた。

むろん、それは昭代の努力のたまもので、二十二歳で教師になってから、恋も結婚も全く視野になく、ただ一筋に頑張って来たからだった。

生徒たちに人気があっただけでなく、父母からの信頼も厚かった。校内で問題が起っても、昭代が説明して了解を求めると、たいていそれで収まったものだ。

そう。正倉昭代は今どき珍しい、「尊敬される先生」だったのである。

それが……。今思い出しても悪夢のようだ。それはまるで、突然足下の地面が失くなって、果てしない穴へと落ちて行くようだった……。

その夜、昭代がマンションに帰ったのは夜の十一時過ぎだった。

教育委員会との会議が長引いた上、終ってから、

「どうです、一杯」

と、誘われて断れなかったのである。

タクシーを降りて、マンションのロビーへ入り、バッグを開けてキーホルダーを捜していると、

「先生」

と、声をかけられ、びっくりして飛び上った。

「――ああ、驚いた！　野々山《ののやま》君！」

ヒョロリとした少年が立っていた。教えている高二のクラスの野々山悟《さとる》だ。

「ごめんなさい、びっくりさせて」

「いえ……。どうしたの？」

「うん……。ちょっと相談したいことがあって」

「そう」

少し迷ったが、ロビーで話もできない。ともかく自分の部屋に連れて行った。

「――広いんだ」

と、野々山悟は、感心したようにマンションの中を見回した。「これって――２ＬＤＫ？」

昭代は笑って、

「３ＬＤＫよ。広いでしょ、一人暮しには」

野々山悟の父は建設会社の社長だ。つい、「２ＬＤＫ」とかいう言葉が出るのだろう。

「少しゆったりしたいの、家ではね。かなり無理して買ったのよ」

と、昭代は言った。

「いいなあ、広くて」

「野々山君のお宅なんか大邸宅じゃないの。比べものにならないわ」

と、昭代は言った。「お腹、空いてる？」

「別に……。先生、うちに来たことあるの？　大邸宅とか言って」

「いえ、だって——大会社の社長さんだもの」

実は、このマンションを買うとき、悟の父、野々山康《やすし》に世話になっていて、自宅へ訪ねたことがあった。野々山の口ききで、マンションの値段は二割も安くしてもらっていた。

「どうしたの、一体？」

紅茶をいれて、昭代はソファにかけた。

「親父のことなんです」

と、悟が言った。

「お父様のこと？」

野々山康は父母会の役員もつとめており、何度も会っていた。その縁で、マンションのことも頼んだのだが。

人当りのいい、ソフトな紳士だ。

「僕……どうしたらいいのか……」

と、悟は口ごもった。

「話してみて」

今は、こうして先生の所へ悩みごとを打ち明けに来る生徒は珍しい。

「親父……恋人がいるんです」

「——まあ」

「偶然、ホテルで見ちゃって……」

「そう。ショックよね。でも、人間誰でも——」

「いいんです、そのことは。それだけじゃないんです」

と、遮って、「お金のことが……」

「お金？」

「ええ。あ、ミルクもらっても？」

「ちょっと待ってね」

昭代は台所からミルクを取って来た。

「——お父様は、とてもすてきだものね、女の人と何かあっても……」

と、紅茶を飲んで、「その女性にお金を使ってるってこと？」

「それだけじゃないんです」

と、悟は言った。

「じゃあ、どういうこと？　話してみて……」

頭がクラッとした。——え？　どうしたの？

突然部屋がグルグル回り始めて、昭代はソファからずり落ちるように床へ倒れた。

「野々山君……。救急車を……」

と言ったことまでは憶《おぼ》えている。

それきり、昭代は意識を失ってしまったのである……。

そして……どれくらいたったのか。

少しずつ意識が戻ったが、そこは居間のソファの上で、もう悟の姿はなかった。

だが——やがて昭代は愕然《がくぜん》とした。

ソファの上で、昭代は全裸で寝ていたのである。服は床に散らばっていた。

何が？　何があったの？

昭代は床の服をかき集めた。

眠っている間に、何があったのだろう？

ともかく服を着て、まだめまいはしていたが、何とか居間を出ると、玄関のドアを叩《たた》く音がした。

「先生！　開けて下さい！」

誰だろう？

立ちすくんでいると、鍵《かぎ》がかかっていなかったらしく、ドアが開いた。

「——先生！」

「あ……。野々山君のお母様ですね」

父親ほどは会っていないが、父母会には必ず来ている。確か久子《ひさこ》といった。

「悟はどこです！」

「どこ……といって……」

「分ってるんです！　先生が悟を呼びつけてもてあそんで――」

「待って下さい！」

昭代は焦って遮った。「悟君は突然やって来たんです！　私が呼んだりしていません」

「いいえ」

と、久子は昭代をにらんで、「悟が手紙を置いて行ってます」

「手紙？」

そこへ、

「正倉さん」

と、マンションの管理人がバタバタとやって来て、「いらしたんですね」

「何かあったんですか？」

「実は――屋上から飛び下りたらしい男の子が……」

「男の子？」

「高校生ぐらいじゃないかと思って。もしかして、先生が――」

「悟！」

久子が真青《まっさお》になった。「どこです？　その男の子は！」

「裏手の方です。駐車場の屋根に……」

「連れてって下さい！　息子かも――」

「分りました！」

管理人と久子が行ってしまうと、昭代はただ呆然《ぼうぜん》として、その場に立ちすくむばかりだった……。


「冗談じゃない、全く……」

と、今思い出しても腹が立つ。

確かに、死んでいたのは悟だった。

昭代は、久子が一時的に興奮しているだけで、いずれ冷静になれば自分の話を信じてくれると思っていた。

ところが、マスコミはマンションに殺到。

〈教え子との許されぬ恋！〉〈中年美人教師の火遊びの果ては！〉

といった文字がワイドショーと週刊誌を飾った。

そして、学校でも昭代の言葉を聞いてくれる人はなく、たちまち昭代は、「生徒に手を出した女教師」扱いされ、停職処分となったのである。

湯に浸《つか》って、目を閉じる。

「このままじゃ済まさないから……」

と呟《つぶや》いた昭代だった。

マスコミの騒ぎがおさまったころ、昭代は学校へ呼ばれた。

校長室には、校長の他に野々山康も待っていた。そして、「辞職して下さい」と要求されたのだ。

自分から辞めれば、退職金は払う。その代り、ひと言でも学校への不満を洩《も》らせば、昭代を野々山が告訴するという。

昭代に選択の余地はなかった。——その場で〈辞職願〉を書かされたのだ。

かくて、正倉昭代の教師人生は突然終りを告げた。——あれほどの騒ぎになったのだ。他に雇ってくれる学校はなかった。

そして——今、昭代は途方にくれて、温泉に浸っているというわけだった。

誰かが入って来た。湯気でよく見えないが、たぶん同年代の女性だろう。

湯に浸ると、

「ああ！　いいお湯ですこと。ねえ」

と、昭代の方へ声をかける。

「ええ、本当に……」

と答えたが……。

「——あら！　正倉先生じゃ？」

「私、息子がお世話になった世良《せら》です」

「ああ！　世良さん」

　父母会の役員もつとめてくれた、おっとりした女性である。息子は三年前に卒業していた。

「え？」

「先生、色々大変でしたわね」

　と、世良則子《のりこ》は言った。

「ええ、あんなことに……」

「私は先生を信じてますわ。若い男の子は突然とんでもないことをしますものね」

　そう。——悟は父親のことで思い詰めていたのだろう。昭代に薬をのませて、しかし裸にしても、何もせずに死んでしまった……。

「ありがとうございます。でも——結局、教師は辞めてしまいました」

「伺いましたわ。先生のような優秀な方が、もったいない！」

「どうも……」

「それにね。——ご存知？」

　と、少し声をひそめて、「今、噂になってますの」

「というと？」

「私もね、今の父母会に仲のいい人がいて、その人から聞いたんですけど、正倉先生が学校を辞められたのは、他に理由が……」

昭代は唖然《あぜん》とした。

「それは――一体どういうことですの?」

「いえね、もちろん学校側の方はそんなこと言ってないんですけど……」

「教えて下さい」

世良則子はお湯の中、近寄ってくると、

「あのね、父母会に準備金というのがあるの、ご存知でしょ?」

「もちろん。積立てているお金ですね」

「そう。その準備金を、先生が使い込んでいた、と……」

昭代は絶句した。

「私も腹が立ちました。先生がそんなこと、なさるはずがないって。だって、いつもお金の出入りにはとても厳しかったですものね」

「ええ。あんまりうるさくて、よく事務の人から文句を言われたもんです」

「ねえ。それに、大体、そんなお金を必要とする理由がないでしょ? でも、今はそれが本当の話として広まってますよ」

「ひどいわ! 身に覚えのないことで、二度も……」

「実は、ついさっきメールが来たんですけどね」

「メール？」

「その噂、どんどん大きくなってるそうです。正倉先生は学校のお金にも手をつけて、それを隠すために学校は先生を訴えられないんだって」

「まあ！」

「明るみに出れば、校長が教育委員会からにらまれますものね」

「辞めた人間に、何でも負わせてしまえばいいと思ってるんですね。ひどい話！」

と、昭代は眉《まゆ》をひそめて、「一体、私がいくら使い込んだことになってるんです？」

「そう……。準備金と合わせると、一億円とか……」

昭代は危うくお湯を飲んでむせ返りそうになった……。

# 6　電光石火

「ねえねえ！　聞いて！」

初めはそのひと言。

次には、

「ね、聞いた？」

となり、

「知ってるよね！」

と、変化して行く。

初めのひと言は、この旅館の従業員。といってもパートの十九歳で、「お客の秘密を口外してはならない」なんてことは全く考えてもいない。

ちょうど、大浴場の〈女湯〉へやって来て、たまった使用済のタオルを洗濯場へ持って行くところだった。

湯舟の方へ入る戸が少し開いていて、中のお客の話が聞こえて来たのだ。

「一億円」

　というひと言が耳に入ったから、もうタオルのことなんかそっちのけで話に聞き入る。

そして、家族連れの客が入って来たので仕方なくタオルの入った袋を抱えて〈女湯〉を出た。

　それから洗濯場へとダッシュして、

「お願いします！」

　とタオルを放り込んで、階段を駆け上った。

　休憩室は十畳ほどの和室だが、若い仲居やパートの子たちが、膳《ぜん》を運ぶ間のひと休みをしている。

　そこには同年代の子が沢山いて、

「ねえねえ、聞いて！」

　と話をする値打があった……。

「一億円？」

「凄《すご》い！」

「誰、その人？」

「ほら一人で泊ってる……。見るからに学校の先生って感じの――」

「ああ！　正倉さんって人ね」

「そうそう。そんな名前だった」

「一億円！——もっとチップくれてもいいよね」

と、一人が言った。

そこへ、仲居頭の久保田唯が顔を出し、

「そろそろお膳を下げる時間よ」

と、声をかける。

「はい！」

みんなが元気よく出て行くので、唯はちょっとびっくりした。いつもなら、「ええ、もうですか？」と言いたげに、渋々立って行くのに、今日は……。

首をかしげた唯だったが、まさかみんなが「このニュースを早くしゃべりたい！」というので、飛び出して行ったのだとは思わなかった……。


「一億円？」

亜由美は目をパチクリさせて、「どこかに落っこちてたの？」

「まさか」

と、聡子が笑って、「そこで、仲居さんたちがしゃべってた」

亜由美と聡子、それに須田朱美の三人は、食事の後、ラウンジでコーヒーを飲んでいた。

清美や殿永は大浴場に行っている。

「――正倉先生が？」

と、朱美が目を見開いて、「そんなこと――信じられない！」

亜由美たちも、朱美から、正倉昭代が学校を辞めた事情を聞いていた。

「怪しいね」

と、亜由美は言った。「辞めた後になって、そういう話が出てくるって、一人に全部の罪をおっかぶせちゃえ、ってことが多いのよ」

「先生もそうだわ」

と、朱美が言った。「真面目過ぎて、困ることもあったけど、そんなお金を横領するなんて……」

「一億円か」

と、聡子は言った。「私だったら何買うかなあ」

「やめなさいよ」

と、亜由美は言った。「宝くじで当てるのね」

「千円だって当ったことない……」

と、聡子はため息をついた。

「あ……。先生」

そこへ、当の昭代が入って来たのである。

「あら、ここにいたの」

「ええ……」

よかったらご一緒に、という言葉が出て来にくい状況だった。

昭代はほてった顔で、

「少しのぼせちゃったわ」

と笑うと、ラウンジの奥の方の席へ向った。

「――いらっしゃいませ」

ウェイトレスもアルバイトの女の子で、すでに「一億円」の話を聞いている。

「アイスコーヒーを」

という昭代の顔を、まじまじと眺めていた。

「かしこまりました。少々お待ち下さい」

急いで奥のカウンターへ行くと、中の女性に、何やらしゃべっている。どう見ても、

「アイスコーヒー一つ」以上の話をしているのははっきりしていた。

「一億円の話、かなり広まってるみたいね」

と、亜由美は言った。

「そりゃそうよ」

と、聡子が肯《うなず》く。「ご当人は知らないわね、どう見ても」

「あ、お母さん」

と、朱美は、母、敬子が河本由起と一緒にラウンジへ入って来るのを見て言った。

「あら、ここにいたの」

と、敬子が微笑んで、「河本さんの奥様と、色々お話が弾んで」

「そう。ね、あの――高校のときの正倉先生が」

と、朱美が昭代の方へ目をやる。

「あら……。偶然ね」

と、敬子が由起と見交わした表情で、すでにこの二人も「一億円」の話を知っていると分った。

二人は昭代の席へ行って、

「まあ、先生、お久しぶりで……」

――それを見て、亜由美は、

「朱美さん。お二人とも、先生を知ってるの?」

「ええ。社長のところも、今大学生の息子さんが、正倉先生にお世話になってましたから」

と、朱美は言った。「確か、奥さんは父母会の役員、ずっとやってました」

「そう……」

「たぶん、一億円の話を知らないのは、亜由美のご両親と殿永さんくらいじゃない？」

と、聡子が言うと、亜由美は首を振って、

「地獄耳の母が知らないわけない。知ったら必ず殿永さんに話してる」

と言った。


「お呼びでございますか」

と、久保田唯は、部屋の入口に正座して手をついた。

「ああ、わざわざ忙しいときにすまないね」

と、林田は浴衣姿でのんびり寛《くつろ》いで、「入ってくれ。さあ」

「お邪魔いたします」

と、唯は入ると、「お茶をおいれしましょうか」

「頼むよ。美人にいれてもらうと、味も格別だ」

「ご冗談ばっかり」

唯はお茶をいれると、「ご用は……」

「うん。明日も泊るつもりだが、昼間、この辺を見て回るのに、いいルートがあれば訊《き》きたくてね」

「それでしたら、こちらに案内図がございます」

唯は分厚い案内書を取り上げると、中からこの付近のマップを取り出し、「このルートのどれかをお選びになれば。――今ですと、Cコースがお勧めです」

「ありがとう。考えてみよう」

と、林田は肯いて、「君は若いのに、仲居頭だそうだね。大したもんだ」

「とんでもない。たまたま他に人がいなかっただけで……」

と、唯は言って、「では、私、これで――」

「今夜はここへ泊らないか」

「え？」

「その格好で、すぐには分らなかったが、声に聞き憶《おぼ》えがあった」

唯は青ざめて、

「お願いです。――本当に忘れたんですから」

「心配するな。殺しやしない」

林田は唯の手をつかむと、「君のことを忘れられなくてね、正直なところ」

「やめて下さい」

「言うことを聞いていれば心配ないんだよ」

「でも――」

「夜、仕事が終ったら、ここへ来てくれ。――いいね」

「お客様──」

「そんなに冷たくしなくたっていいだろう。お互い、知らない仲じゃない」

「やめて下さい。どっちにとっても、忘れた方がいいんです」

林田の手を振り放そうとしたが、できなかった。

「そうだ。そういえば、女の教師で何とかいうのが泊ってるだろう」

「教師？　──正倉様のことですか？」

「そうそう、そんな名だ」

「どうしたんですか、正倉様が」

「何、大したことじゃねえ。一億円の話さ」

「一億円？」

「何だ、知らないのか。ここの仲居たちはみんな知ってるぜ」

「何のことですか」

林田が、耳にした噂を教えてやると、

「──そんなこと！　誰が一体言い出したのかしら」

「なに、人間、誰だって欲はある。もしその女が一億円持って泊ってるんだったら……」

「一億円持っていようが十億円持っていようが、何の関係があるんです？」

「どうせ横盗《ど》りした金だ。盗まれたって文句は言えまい」

「そんなこと……」

「忘れるな。俺は悪党なんだ」

林田の口調には、凄《すご》みがあった。

「馬鹿げてるわ。そんな大金を持って歩くとでも？」

「分らないぜ。――な、その女の部屋はどこだ？」

「そんなこと……。お教えするわけにはいきません」

「その女が風呂《ふろ》にでも行ったら、知らせてくれりゃいい。俺が一、二分で女の持物を調べてやる」

「冗談はやめて下さい。私は仲居頭なんです。お客様のものを盗む手伝いなんて――」

「何なら、一億円、山分けしたっていいんだぜ、二人で」

林田はいきなり唯を引き寄せると唇を奪った。――唯はじっと身を固くしていたが、

「――もういじめないで下さい」

と、震える声で言った。

「部屋はどこだ」

林田がじっと冷ややかな目で唯を見る。

「山分け、って言いましたね、二人で」

と、唯は言った。

「ああ」

「三人で、なら？」

「三人？」

「私、お腹にあなたの子が」

林田もさすがに愕然《がくぜん》として、手を放していた。

「――本当か？」

「ええ」

唯は着物を直して、「ずっと生理がなくて。――間違いありません」

「俺の子なのか」

「あんなこと、あの前も後もしてませんから」

と、唯は背筋を伸して、「三人なら、私と子供で三分の二をいただきますけど」

林田はなぜか急に唯から目をそらすと、

「もういい、冗談だ」

と言った。

「そうですか。――では、失礼いたします」

唯はきちんと一礼して、林田の部屋を出た……。

# 7 ゴールドラッシュ

「どう、ドン・ファン？　いいお湯？」

と、亜由美は声をかけた。

「クゥーン……」

と、ドン・ファンの甘え声も、いつも以上にとろけているようで……。

亜由美たちの部屋は、表に小さな露天風呂が付いている。今、亜由美はそこに一人で浸《つか》って、その傍では、たらいにお湯を張ってもらって、ダックスフントのドン・ファンが気持よさげに浸っているのだった……。

「後で風邪ひかないようにね」

と、亜由美は言った。

「ワン」

「湯加減はどうです？」

「ええ、いいお湯で――」

と言いかけて、「殿永さん！」

亜由美はあわてて顎《あご》までお湯に浸ると、

「刑事さんが覗《のぞ》きなんかしていいんですか！」

「いや、失礼」

と、殿永は言った。「鍵《かぎ》が開いてましたよ。呼んだのですが……」

「聡子は？」

「いらっしゃいませんが」

「全く、もう！　今出ますから、すみませんが外へ出て下さい！」

「ごゆっくり」

殿永は廊下までは出ずに、部屋の上り口の所に立ったまま、

「——亜由美さん」

「何ですか？」

と、風呂から出た亜由美は閉めた襖《ふすま》越しに言った。「まだ下着です。覗きたいんですか？」

「やめて下さい」

「じゃ、何？」

「例の幽霊の件です」

「幽霊？　——ああ、朱美さんの言ってた、墓地に出たっていう、ウェディングドレスの……。あれがどうかしたんですか？」

「お聞きでしょう、一億円の話?」

「ええ、噂でね」

「実は、私も何の用もなくここへ来たわけじゃないんですよ」

「というと?」

「その県立高校のお金が消えた事件は、県警が秘《ひそ》かに調べているんです」

「へえ。――でも、そのお金と幽霊と、どういう関係が?」

と、亜由美が言うと、

「ワン!」

と、ドン・ファンの声。

「はいはい、今タオルで拭《ふ》いてあげるわよ」

そう言って、亜由美はドン・ファンをタオルでくるみながら、

「――殿永さん、もしかして……」

「お気付きですか」

「その幽霊が、墓地に人を近付けないために見せた作りものだったとしたら……。一億円が墓地に隠してある、ってこと?」

殿永は黙ってニヤリと笑った。

「――そんなこと、考えもしなかったわ!」

「まあ、たとえ一億円盗んだとしても、丸ごと残ってはいないでしょうがね」

「それにしたって……。じゃ、捜しに行こうかしら。見付けたら、一割くれる？」

「拾うのとはわけが違います。それに、盗まれたお金ですよ」

「そうですね……」

「ワン」

「ドン・ファン、あんたも欲しかった？」

しかし、ドン・ファンはトットッと歩いて部屋を出ると、廊下の方へ向いて、一声吠《ほ》えたのである。

「ドン・ファン……。誰かが今の話を聞いてたの？」

「ワン！」

「ああ、そういえば」

と、殿永が言った。「何だかスリッパの音がしてましたね」

「殿永さん！」

亜由美は急いで部屋を出ると、ホテルの玄関へと向った。

「お客様」

久保田唯が当惑顔で立っていた。「まさか、急にお発《た》ちじゃないですよね？」

「どうしてですか？」

「だって……。突然『用を思い出した』とかおっしゃって、お発ちになるお客様が何人も……」

「何人も？」

亜由美は殿永の方を振り向いて、「他の所でも、今の話をしたんですか？」

「え？　まあ……」

殿永はとぼけて、「ロビーでも話しました、神田《かんだ》さんに。ちょっと声が大きかったかな……」

「そんな……」

亜由美は、そこへ両親が何と荷物を持ってやって来るのを見て目を丸くした。

「お母さん！　どうしたのよ！」

「一億円を眺めに行くのよ」

「もう……。殿永さん、どういうつもり？」

「いや、清美さん。何も旅館を引き払うことはありませんよ」

「そう？　――ま、そういえばそうね」

「旅館代ももったいないか」

と、父にしては現実的なことを言い出した。

「一億円って何のことですか」

と、唯《ゆい》が言った。「仲居が無責任な噂を広めてますが」

「まあ、見物に行くのも悪くないでしょう」

と、殿永が言った。「車で飛ばせば、その墓地まで数時間だ。夜ですしね」

「亜由美、行こうよ！」

と、聡子が早くも服を着てやって来た。

「物好きなんだから……」

と、亜由美は渋い顔をして、「着替えてくる！」

と、浴衣《ゆかた》の裾《すそ》を翻しながら駆けて行った。

ドン・ファンも「ワン！」とひと声、追いかけて行く。

唯が呆然《ぼうぜん》として、

「本当のことなんですか、一億円って？」

と言った……。


「お疲れさまでした」

と、殿永は言った。「あの辺が墓地です」

「殿永さん……」

と、亜由美は言った。「分ってたのね？　わざと話を広めて……」

「いや、あの幽霊の話と一億円の噂を聞いて、思い付いたんですよ」

「というと……」

「横領の証拠になる帳簿をどこかに隠したらしい。しかし、どこなのか見当がつかなかったんです。それに、取り調べるだけの証拠も揃ってなかった」

「でも——どうしてわざわざこんな小さな町の墓地に？」

「この町のことをよく知ってる人間がいたんでしょうね、横領犯の中に」

「——あの辺、妙に明るいわ」

と、聡子が言った。

「本当だ。どうして？」

殿永が運転して来たのは、何と旅館のマイクロバスだった。

亜由美たちに（プラス一匹）、朱美も加わり、ついでに久保田唯まで着物姿で参加していたのである。

車を停めて、みんなは墓地の前で降りたが——。

「凄《すご》い」

と、聡子が呟《つぶや》いた。

墓地のあちこちで、照明を点《つ》けて、土を掘り返していたのだ。

「ここが柔らかいぞ！」

「掘り返して埋めた跡か？」

「見付けたら私のものよ！」

と、叫んでいるのは――。

「まあ、うちの仲居たちだわ」

と、唯は言った。

「まるでゴールドラッシュのにぎわいですな」

と、殿永が腕組みして首を振った。

「自分がたきつけたくせに！」

と、亜由美が殿永をつつく。

そのとき、

「何かあるぞ！」

と、声が上った。「缶に入ってる！　きっとこれだ」

亜由美は肩をすくめて、

「行ってみましょう」

と促した。

墓地の奥の立木の根元を掘って一メートルほど、大きな金属の缶が出て来た。

あちこちで掘っていた人たちがワッと集って来る。

缶の泥を払って開けると――。

「――何だ？」

と、一人が言った。「帳簿みたいなもんだ……」

「一億円は？」

「金は……ない」

しばし沈黙があった。

笑い声が上った。

「そりゃそうだな。一億円なんて、使っちまえばアッという間だ。隠しとくほど残らなかったのさ」

唯が目を見開いて、

「林田さん……」

と呟いた。

「皆さん、ご苦労さまでした」

と、殿永が進み出て、身分を明かすと、「ここへ隠したのが誰にせよ、幽霊を出したのが失敗でしたね」

「お母さん……。ここで何してるの？」

と、朱美が言った。

母、敬子が立っていたのである。

「ここに隠したら、って言ったのは私」

「え？」

「ウェディングドレスの幽霊も、メイクした私よ」

「お母さん？」

「でも、まさか、あんたがいるなんて！　こっちがびっくりしたわよ、いい年齢《とし》の男と」

「どうしてお母さんが……。そうか、バーでね」

「ええ。あの学校の偉い方たちはバーのお得意さんでね」

と、敬子は言った。「困ってらしたのよ、お金の使い込みがばれそうだ、って。それで相談にのってあげた。帳簿は焼いてしまえば、って言ったんだけど、誰かが裏切って密告しないように、どこかへ隠した方がいい、ってことになったの」

「それでここへ？」

「まず見付からないでしょ。そして、すべて正倉先生のやったことにして」

「ひどいわ……」

「家を取られちゃったんで、少しあの連中をゆすって、金をせびろうと思った。この帳簿をネタにしてね」

「でも、もうむだよ」

「そのようね」

と、敬子はため息をついて、「とんだところで警察の手伝いをしちゃった」

「ここで主人と会ってたのね」

と言ったのは、河本由起だった。

「奥様……」

「あなたのような若い子が、いけないわ。主人の遊びの相手なんかして。こんな町、出て行きなさい。いくらでも未来はあるわ」

「ご存知だったんですね」

「もちろん。主人の様子を見てりゃ分るわ」

と、由起は苦笑した。

居合せた人々は、汚れた手を見下ろして、

「どこかで手を洗おう……」

と言った。

殿永が、静かに林田へ近付くと、

「こんな所で会えるとはな」

と言った。

「刑事さんか。——いつか会ったね」

「証拠不十分で釈放したが、ずっと忘れなかったぞ」

「ここに穴を掘ったからって捕まえるか?」

「いずれね」

「俺はな、あの温泉町に落ちつこうと思ってるんだ」

「ほう？」

「女房をもらって、子供を育ててな」

唯が唖然《あぜん》として、

「林田さん……」

「一億円、プレゼントしたかったけどな」

「でも……だめよ」

「そうか？　まあ、何日かでも夫婦の真似ごとをさせてくれ」

と、林田は唯を抱いてキスした。

「クゥーン……」

ドン・ファンが感動（？）した様子で鳴いた。

「――さて」

と、殿永が言った。「旅館へ戻る方は、マイクロバスの方へ」

「乗り切れないんじゃない？」

と、亜由美が言った。「幽霊まで一人乗せたら」

# 解説

藤《ふじ》田《た》香《か》織《をり》

四十年弱の歳月を経て振り返ってみても、一九八二年という年は、現在のアラフィフ世代（私もです）にとって、ひときわキラキラしていた印象深い年でした。

シブがき隊《たい》、松本伊代《まつもといよ》、堀《ほり》ちえみ、三田寛子《みたひろこ》、石川秀美《いしかわひでみ》、早見優《はやみゆう》、小泉今日子《こいずみきょうこ》と中森明菜《なかもりあきな》など後に「花の82年組」と称されるアイドルたちが次々とデビューし、「ぶりっ子」と揶揄《やゆ》されていた（松田《まつだ》）聖子《せいこ》ちゃんが『赤いスイートピー』で女子人気を爆アゲ。日本レコード大賞は『北酒場』（細川《ほそかわ》たかし）、オリコンの年度一位は『待つわ』（あみん）。『悪女』（中島《なかじま》みゆき）に『チャコの海岸物語』（サザンオールスターズ）、『聖母《マドンナ》たちのララバイ』（岩崎宏美《いわさきひろみ》）、『い・け・な・いルージュマジック』（忌野清志郎《いまわのきよしろう》＋坂本龍一《さかもとりゅういち》）などなど、今も色褪《いろあ》せることないヒット曲がばんばん街中に流れていたものです。

そのひとつに薬師丸《やくしまる》ひろ子《こ》『セーラー服と機関銃』もありました。前年の十一月に発売され、十二月に公開された赤川次郎さん原作映画の大ヒットもあり、同曲は一九八二年の年間セールス第二位にランクイン（＊オリコン）。『E．T．』、『ランボー』、『少林寺』。階段落ちの双璧《そうへき》『蒲田行進曲』と『転校生』の公開もこの年でした。

本書『花嫁は墓地に住む』が第二十七弾となる「花嫁シリーズ」は、そんな一九八二年の夏に誕生。第一作『忙しい花嫁』は、雑誌「週刊小説」でこの年の八月から十月までの連載を経て、翌八三年一月にノベルス版が刊行されました（実業之日本社／ジョイ・ノベルス）。ちょうど『タモリ倶楽部』（テレビ朝日系で放送中の人気深夜バラエティ番組）と同い年になるんですね。生みの親である赤川さんは、テレビやラジオから流れてくる『セーラー服と機関銃』を聴きながら執筆されることもあったのではないでしょうか。

それから約三十八年。今年二〇二〇年二月に第三十三弾の最新刊『花嫁は三度ベルを鳴らす』が発売されたシリーズはまだまだ好調に現役続行中！　永遠の（!?）女子大生・塚《つか》川《がわ》亜由美《あゆみ》は今も昔も、多くの読者のアイドルであり続けています。

長編として書かれた最初の『忙しい花嫁』と、シリーズで唯一、亜由美が主人公ではない第二作の『忘れられた花嫁』（この作品の主人公だった永戸明子は何故この一作だけで消えたのかという問題については、評論家の円堂《えんどう》都司昭《としあき》氏が角川文庫版『血を吸う花嫁』の解説で言及されているので、気になる人はぜひ一読を。かくいう私もずっと疑問に思っていたので、なるほどなぁ、と唸《うな》りました）、そして赤川さんのデビュー四十周年となる二〇一六年に発売されたシリーズ第三十弾の『綱わたりの花嫁』以外、「花嫁シリーズ」

には基本的に二作の物語が収められています。

本書『花嫁は墓地に住む』もまた然《しか》り。最初に収録されている「花嫁は名剣士」は、企業の内部告発というシビアな問題を内包する、シリーズのなかでもヘビー級に属する作品です。これまでにも、大学に通う傍らで、ウエディングドレスのショーモデルのアルバイト（『七番目の花嫁』表題作）や、成り行きで芸能事務所の社長を務めたり（『舞い下りた花嫁』表題作）、ヨーロッパにある小国の王女の身代わりとなったり（『舞い下りた花嫁』所収「花嫁は特殊任務」）と、様々なアルバイトや密約ならぬ密役を果たしてきた亜由美ですが、今回、親友の神田《かんだ》聡子《さとこ》と臨んだのは〈会議の間、何も起らないように用心する〉のが任務の「用心係」。本来は男性に限るはずだった求人が、どんな手違いからか（単に亜由美が無視しただけかも……！）二人が担うことになったのです。

ところがこのアルバイト、当初は暇で大欠伸《おおあくび》をしていた亜由美が、結果的にこれ以上ないほど「用心係」として大活躍。間一髪のところで大手企業である〈M重工〉の人々を爆弾事件から救います。しかし事が爆弾事件だけに（！）、どうもきな臭い空気が残り、立ち込める煙のなかに亜由美は巻き込まれ、いやこの度も自ら飛び込んでいくのでした。

冒頭で描かれる〈K化学〉で内部告発をした吉永《よしなが》と、〈M重工〉の自社製品が海外で兵器として使用されることを憂慮している笹田《ささだ》。「会社を裏切った奴を放っておけば、次が出て来る。他の社員を震え上がらせろ」と笹田を痛めつけるよう気弱な専務・河辺《かわべ》に命じる、およそ「ハラスメント」なる言葉を知らない社長の真田《さなだ》。偶然再会した高校時代の先輩・唐沢《からさわ》と不倫に走る笹田の妻・治子《はるこ》。果たして〈M重工〉の面々を吹っ飛ばそうと目論んだ「爆弾魔」は誰なのか。そして吉永や笹田の窮地に颯爽《さっそう》と現れた女剣士は——。

一方、表題作の「花嫁は墓地に住む」は、東京とはいえ郊外の小さな町で、スーパーを経営する四十八歳の河本昭男《こうもとあきお》と十九歳のパート従業員・須田朱美《すだあけみ》が密会している場面から幕を開けます。時は深夜十二時、場所はよりにもよって古い寺の墓地。いくら二人が不倫関係で、ひとの目を避けたいとはいえ、「仕方ないんだ」ってことはないだろう！　と思いますが、ともあれイチャイチャがはじまりかけたところに、その場に最も相応《ふさわ》しくないともいえる、ウェディングドレス姿の花嫁が現れます。

二人の前まで進んで来た花嫁が足を止め、自らヴェールを両手でめくり上げると、真っ青な顔色に、両目はただの暗い穴でしかない死者の顔が。たちまち悲鳴を上げて逃げ出した二人でしたが、その週末、河本が仕事関係者と訪れた温泉宿で朱美と合流する計画は、流れることなくそのまま遂行されたのでした。

しかしその週末、温泉宿〈紅葉《もみじ》旅館〉で朱美が顔を合わせたのは、河本だけではなく、親戚《しんせき》の神田聡子とその親友である塚川亜由美、高校時代の担任だった正倉昭代《まさくらあきよ》、挙句に河本の妻・由起《ゆき》と朱美の母・敬子《けいこ》が連れだって現れ、亜由美の両親・貞夫《さだお》と清美《きよみ》に殿永《とのなが》部長刑事も駆けつけて来る。もちろん、忘れちゃならない亜由美の相棒・ダックスフントのドン・ファンもしっかりちゃっかり来ています。

絶体絶命のとんだ鉢合わせを、朱美はどう切り抜けるのか、という一方で、教師という職を追われた正倉昭代と、二十四歳にして〈紅葉旅館〉の仲居頭を務める久保田唯《くぼたゆい》の物語も描かれていきます。一難去ってまた一難、山あり谷あり温泉ありの怒濤《どとう》の展開にすっかり忘れかけていた「墓地の花嫁」の真相には、そう繋《つな》がるのか！　と、思わずニヤリとさせられてしまうはず。

硬軟でいえば「硬」になる「花嫁は名剣士」と、「軟」といえる「花嫁は墓地に住む」。けれど、どちらの作品にも、印象的なシーンは多々あります。内部告発について、未だ学生の身である亜由美と聡子がいつか社会に出たときに、会社の命令と自分の信じていることが矛盾していたらどうするか悩む場面。「女剣士」がさらっと述べる「自分の仕事への誇りは個人の感情とは別です」という台詞《せりふ》。生徒たちだけではなく父母からの信頼も厚かった昭代があっけなく「辞職して下さい」と言い渡された場面。旅館の従業員たちに凄《すさ》まじい勢いで「一億円」の話が広まっていく様子。本作に限らず、この「花嫁シリーズ」は、ライトな文体でユーモアを交えて描かれる物語のなかに、こうした考えさせられたり、ハッと気付かされる箇所が必ずあります。そして、それは読む度に同じとも限りません。十六歳で読んだときにはまったく何も引っかからなかった台詞や場面が、三十年後に再読したら、ざくっと胸に刺さる、というようなことも少なくないでしょう。

「刺さる」という言葉の意味とはまた違いますが、亜由美に命を救われた〈M重工〉の顧問・久保《くぼ》が、「分るかね？　会社は親、社員は息子、娘も同然だった」と語るのも、いやいや、今の時代、大企業の顧問がそんなこと言うなんて、と思われるかもしれません。でも、そういえば去年（二〇一九年）、業界最大手の某プロダクションの社長とタレントが自分たちの関係は「親」「子」だと涙ながらに語るのを私たちは見聞きしたばかり。社長の真田の言動も、こんなに短絡的でハラスメント大王な社長なんて……と誰だって思うでしょうが、もってまわった言い方を要約すれば「生意気で頭にくる」「俺は馬鹿にされるのが我慢ならん」と喚《わめ》いている「偉い人たち」なんて大勢います。赤川さんが描く人物は、作品のために創られたのではなく、私たちの生きる社会に存在しているのです。

三十八年前、『忙しい花嫁』で、母の清美が事故に遭ったと連絡を受けた亜由美は、駆け付けた病院で父へも知らせようと十円玉しか使えない「赤電話」から会社に連絡していました。恋人の谷山《たにやま》隆一先生はまだ姿を見せず、亜由美は同じゼミ生の有賀雄一郎といい雰囲気で、清美に「妊娠しないように気をつけなさい」と言われたりもして。実は何度も細かな調整がされている長く愛されている食品の「変わらぬ味」のように、「花嫁シリーズ」には味付けの変化を見極める楽しさもあります。そういえば、亜由美はいつから携帯電話を持ったのか。機をみてシリーズを遡《さかのぼ》り読み返すことにも、ぜひ挑戦してみて下さい。

# 花嫁《はなよめ》は墓地《ぼち》に住《す》む

赤川次郎《あかがわじろう》

令和２年　３月25日　初版発行

発行者●郡司 聡

発行●株式会社KADOKAWA
〒102-8177　東京都千代田区富士見2-13-3
電話　0570-002-301（ナビダイヤル）

角川文庫 22072

印刷所●旭印刷株式会社
製本所●株式会社ビルディング・ブックセンター

表紙画●和田三造


ISBN 978-4-04-108293-5　C0193

本書は、2016年６月、実業之日本社文庫として刊行されました。　◇◇◇